Lost & Found

Lost & Found

Jorge Viejo

www.librosenred.com

Dirección General: Marcelo Perazolo
Diseño de cubierta: Stefanie Sancassano
Ilustración de cubierta: Malcolm Fernandes y Graça Morgado
Diagramación de interiores: Vanesa L. Rivera

Primera edición en español - Impresión bajo demanda

© LibrosEnRed, 2014
Una marca registrada de Amertown International S.A.

ISBN: 978-1-62915-042-0

Para encargar más copias de este libro o conocer otros libros
de esta colección visite www.librosenred.com

0

You'd kill yourself for recognition;
kill yourself never ever stop.

"High and Dry"
Radiohead

Tedio. Tedio. Y un poquito de hastío. Y pereza zumbando en los oídos. Pero, sobre todo, tedio. Jon dejaba que su vida fuera conducida por el tedio, dejaba que se pusiera a los mandos, que le condujera por donde quisiera, con tal de no tener que mirar la carretera. Tedio en el trabajo, en las tareas repetitivas, simples, tan simples, tan repetitivas, que podría hacerlas un mono, un mono no demasiado listo. Cansado de fingir que esa subida de sueldo no era tan importante, que no tendría problema en quedarse aquella noche también, que estaría encantado de trabajar en aquel proyecto en el Sur, solo estaba a tres horas de camino de su casa. "Sí, no hay problema". Cansado de su propia imagen de profesional entregado, esa que ve por las mañanas reflejada, esa que dice que hoy debe ser un día especial, que cada día lo es. Cansado de decirle con su ropa al mundo cosas que no son verdad.

Tedio al volver a casa, al escuchar ruidos de coches, ruidos de autobuses, ruidos de motos, ruidos de tráfico lejano, ruido de motores que le encantaría que fuera de motosierras cortando cabezas. Pero no, solo un sonido base monótono, carente de ritmo, la arritmia de Madrid.

Cansado de entender todas las conversaciones, de que le pidan opinión y de tener que darla. Hastiado de sonreír solo porque sí. Cabreado por vivir en esta ciudad en la que todos hacen las cosas a la vez, en la que hay atascos para pedir un café, en la que cada verano el alcalde prepara un *rally* urbano, en la que te quieren hacer creer que vives en una gran ciudad y en realidad no pasa de ser un pueblo mediano, en la que una cena cuesta lo que un pequeño apartamento en otras.

Con los nervios destrozados por la banda sonora de su vida; los pequeños platos de loza chocando entre sí en la cafetería, la conversación de la pareja que siempre se sienta en los asientos traseros del autobús que le conduce al trabajo, las charlas sin prisioneros de su jefe iluminado por el último libro de *management*, el ruido de la caldera cada vez que abre el agua caliente, el aleteo de las palomas —ratas al aire— al posarse en la terraza, la liga en la radio del vecino, los amores de España en la tele de la vecina. ¿Alguien se olvidó de contratar al silencio para esta representación?

Harto de los tonos de llamadas de móviles, fijos, *blackberrys*, *ipods*, centralitas, de respuestas en gritos, de risas de adolescentes, de empujones, de "jo, tía", de no encontrar un metro cúbico de vacío en el que flotar, se agotaron ayer en la tienda, o quizá nunca los hayamos tenido, o jamás han existido. Cansado de tener que saber si este año se llevan los pantalones marrones, azules o con tres piernas.

Roto por dentro, cansado de entrar en el juego del "y yo más", de contar hazañas y de, si no tenerlas, inventarlas. Roto por no reconocerse al volver borracho a casa un lunes, un miércoles, roto por saber que debe fingir para sentirse valorado. Amputado por ver películas que no le gustan, leer libros que odia, ir a conciertos de grupos que detesta, hablar de cosas estúpidas; pero no será él quien se quede callado en el bar, no será él quien se quede en el escalón de abajo, fuera de la zona vip. Roto por ser así.

Y vacío al introducir la llave en la puerta, temeroso de que sí, otra vez, dormirá solo, vacío al saber que ella no está, ni estará. Vacío al abrir la nevera para comprobar que sigue sin haber nada, y qué importa si está borracho, y qué importa si los muertos no comen.

Desde hace semanas Jon duerme en el sofá, con la tele de fondo, cualquier documental, la cama se le ha hecho insoportable. Y se despierta herido en la espalda y gruñón. Y piensa, como cada día, que quizá sea hoy el día que todo cambie. Jon quiere que todo cambie, que el tedio vuele, quiere encontrar la manera de abrir las ventanas y ventilar su vida.

Y se pone su mejor traje y una corbata llamativa, y se mira en el espejo, y se sonríe, y se da cuenta de que es la misma sonrisa de ayer, y antes de ayer. Hoy también lleva su famosa sonrisa suicida, la que terminará por matarle si no consigue encontrar la salida de emergencia. Y pronto.

A Jon le cuesta decidirse porque han sido muchas las veces que se ha equivocado. Cada decisión equivocada ha dejado un pequeño poso en su confianza, y este poso ha crecido tanto que ha conseguido taparle hasta los ojos, inmovilizar sus manos, sus pies, cubrirlo por completo de una pasta viscosa que él siente en su piel, a la que incluso ha puesto nombre. La llama melaza. La llama melaza y la siente oscura, grasienta, imposible de despegarla de sí. La melaza ha estado siempre presente en su vida desde la adolescencia, desde que no tuvo más remedio que afrontar bifurcaciones. Jon sentía cómo la melaza atería cada uno de sus miembros tras encontrarse con los resultados de cada una de sus decisiones incorrectas. Curiosamente, aquellas decisiones que eran correctas, que tenían los resultados deseados, no hacían bajar su nivel de melaza. Quizá disminuían su viscosidad, pero la melaza seguía ahí, Jon era incapaz de sentirla desaparecer.

El nivel de melaza tuvo un momento de no retorno, un momento a partir del cual nada volvería a ser lo mismo. Durante esos años en los que los amigos son lo más importante, en los que los padres no son sino ignorantes represores de la libertad de uno, siempre hay un hecho, una situación, una pérdida, un accidente, que afecta en lo más hondo de tu corazón, que convierte la vida en un infierno, que te asesta un golpe del que dudas si alguna vez te recuperarás. En esos años en los que el instante es lo esencial, en lo que no hay un futuro más allá de esta tarde, la pérdida de un amigo deja sin aliento. Y Jon tuvo, en aquellos años, dos momentos en los que se quedó sin aliento.

La primera vez Jon recibió la noticia en casa. La llamada fue para confirmarle lo que se temía, que Juan era el protagonista de aquella noticia de la televisión. Todas las palabras, seguramente ensayadas, no paliaron el dolor que Jon sintió. Dejó el teléfono y se sentó en su sofá, aquel que está bajo la ventana, en el que recibe la mejor luz del día. Pero todo se oscureció de repente. Su madre, preocupada, le preguntó qué ocurría, y entonces fue cuando se dio cuenta de todo lo que iba a echarle de menos, de todo lo que le dolía aquello. De que Juan pasaba a ser pasado, solo un recuerdo, si es que iba a ser capaz de recordarle. Se lamentó no haber conseguido fijar más a Juan en su memoria, pero quién podría pensar. Hasta ese momento Jon pensaba que la vida era eterna, y ahora… Nada. Nada, no quedaba nada. ¿Qué importaban las palabras? Juan cobró más importancia por el vacío que dejaba lo que su presencia ocupó.

La melaza no había tenido nada que ver con Juan, no había habido ninguna decisión de Jon que hubiera afectado a la muerte de Juan. Sin embargo, envolvía por completo la muerte de Rebeca. La melaza impregnó el cerebro de Jon desde aquel mismo día y terminó por confundir sus propios recuerdos de lo sucedido. Nada contó Jon sobre aquello, nunca fue capaz de hablar, pero lo único cierto es que, durante el mes siguiente de aquella otra tragedia, Jon apenas salió de su habitación, donde escuchaba, una vez tras otra, la versión de Chet Baker de "My Funny Valentine". Una vez tras otra, cada día Valentine, como un mantra, como un castigo divino por no tomar nunca la decisión correcta, por haber dejado que Rebeca se perdiera. Cuando se le preguntaba por ello, no era capaz de ir más allá del "yo...". Jon era culpable, o al menos así se sentía él, y nada importa más que cómo se siente por dentro.

A partir de su aparición en aquellos años, la melaza no le había abandonado jamás, la compañera viscosa de viaje, invisible para todos los demás, pero tan real para él, tan pegajosa, formando una segunda piel, o quizá la primera. Jon conocía sus límites, reconocía hasta dónde la melaza le permitiría moverse y qué le quedaría vetado hasta que desapareciera. A veces imaginaba que hablaba con ella, que intercambiaban opiniones sobre el tiempo, la miel de abejas, sobre la cual la melaza estaba muy interesada, pero no había conseguido afrontar la conversación realmente importante: ¿qué tengo que hacer para que te vayas de aquí?

....

El momento no podía haber sido menos ideal, menos diseñado. Porque hubo un momento. Existió y pasó, no se detuvo, ese instante en el que Jon tocó el fondo con la mano, en el que no pudo hundirse más. Aún. Hubo esa sensación de asfixia, de sentirse incapaz de volver a respirar, de no poder llegar a la superficie de nuevo y tomar aire, volver a respirar. Existió esa chispa, ese segundo en el que el tedio, la corriente le convirtió en despreciable, y él supo adivinarlo. Por suerte reconoció la presión en los oídos, el dolor en el pecho, la imposibilidad de abrir la boca a riesgo de morir ahogado. Y se dio cuenta, en ese instante, de que lo único necesario para escapar era luchar, rebelarse.

La noche estaba siendo muy larga. Ya estaba terminando, apenas quedaban ya los cuatro de siempre, con las corbatas flojas y las camisas fuera del pantalón. Nada que ver con la pose de la oficina, aunque todo hubiera empezado allí. Habían perdido las cuentas de las cervezas cuando empezaron con las copas. Y les habían cerrado ya dos locales, así que se resignaron a comer un trozo de pizza en el único local abierto, como colofón de la noche. En el restaurante, seis, ocho mesas y unas pocas sillas, todas vacías, ellos eran los únicos que aún vencían a la noche de jueves. Un trozo de pepperoni para ti, una de champiñones para ti, una de cuatro quesos para mí. Risas descuidadas, casi aquel se cae de su silla al sentarse. Todo está fuera de lugar, pero para Jon todo está en su sitio.

Un hombre cruza la puerta de entrada al local. Barba rala, pelo grasiento y desatendido, el abrigo rajado por la espalda. Los pantalones sucios, los zapatos completamente cubiertos de barro a pesar de que la última lluvia fue hace meses. Se detiene junto a la mesa que comparten Jon y sus amigos, extiende la mano y pide por favor. Necesita repetirlo, ellos no tienen su atención para escucharle. "Por favor", repite. Cuatro caras que le miran, sin entender qué reclama, sorprendidos de que haya algo más fuera de esas cuatro caras. "Por favor". "No, márchate", dice alguien, aunque Jon ha sido incapaz de entender la situación. El hombre recoge la mano, pero se queda inmóvil junto a la mesa de los cuatro encorbatados, que se centran de nuevo en sus trozos de pizza, entre risas.

El hombre recoge la mano, pero antes de girarse para abandonar el local, lanza un escupitajo sobre el plato de los dos que tiene más cerca, veloz, certero. Escupe sus platos, les salpica a ellos que se quedan helados por la sorpresa, mientras él se marcha, sin prisa, vagando de nuevo por las calles.

Jon asiste a la revolución de sus compañeros que, tras la sorpresa inicial, se levantan envalentonados por el alcohol y cogen sus platos con trozos de pizza, y salen a buscar a aquel sin techo en la noche. Rápidamente le alcanzan, y le empujan por detrás sin siquiera avisarle. "¡Eh!", uno de ellos le inquiere, sin recibir respuesta. Jon se ha quedado atrás, llega a la escena justo cuando uno de sus amigos empuja al mendigo para girarle de cara a los cuatro "¡Eh, tú!". Jon cree ver miedo en sus ojos pero, si esta neblina no le impidiera enfocar mejor, quizá podría estar seguro de ello.

Los empujones se repiten, aquel hombre es incapaz de contestar nada, y los tres comienzan a gritar, le preguntan por sus pizzas, por quién va a pagarlas. Jon, desde atrás, cree que es suficiente, pero no le hacen caso. Y al mendigo le obligan a comer la pizza en la que ha escupido. Y ellos vuelven a escupir. El mendigo se resiste, pero sabe que no tiene más opción. Ellos han empezado a llamarle cerdo, y en algún momento el mendigo ha perdido el equilibrio y ha caído en la acera. Por suerte han terminado los empujones, pero han comenzado las paladitas, que le obligan a comerse toda la pizza de la que gotea saliva de otros. Jon protesta, pero nadie más piensa que ya es suficiente. Y las patadas comienzan a dejar de ser pequeños puntapiés para empezar a tener cierta fuerza, el mendigo comienza a sentir dolor, deja ya de lado la vergüenza. A nadie parece importarle, y alguien le asesta una buena patada en las costillas. Todo pasa muy rápido. El mendigo resiste, no cae sobre la acera, y eso hace que se enfurezca más el dueño de la patada, que vuelve a descargar su ira, aún más fuerte, acompañado de un grito de Jon, que se acerca definitivamente, que coge por el hombro al agresor, que grita "¡NO!", que no es escuchado, que es también apartado por un empellón. Jon mira la paliza con los ojos completamente abiertos, sintiéndola como algo irreal. Y el mendigo se recupera milagrosamente, consigue incorporarse y trata de escapar de sus agresores, y da dos pasos en dirección a Jon, le agarra la mano mientras sigue recibiendo golpes en la espalda, y le pide "por favor". Y Jon es consciente de que le está agarrando, le está arrugando el traje, y absorbe todo su mal olor, la suciedad de sus uñas se hace tan real que intenta escapar, pero aquella boca maloliente le sigue implorando "por favor", y él trata de zafarse pero no puede, aquel mendigo tiene fuerza, y el asco que Jon siente le invade completamente, y consigue liberar su mano y, cuando lo hace, carga el puño. Cierra los dedos y coge distancia para descargar su fuerza en el rostro de aquel mendigo. Y entonces, en ese preciso instante, en esa microscópica décima de segundo, Jon se da cuenta de que va a pegarle un puñetazo, de que va a descargar su ira contra un pobre diablo, de que va a ajustar cuentas con la vida en la cara de un mendigo. Y entonces es cuando sabe que se está ahogando, es cuando sabe que necesita aire, que no puede caer más abajo.

La noche deja de tener sentido para él, despierta del duermevela irreal del alcohol, se sorprende al verse a sí mismo en aquella situación, incómodo consigo mismo. Deja atrás a los que llamaba amigos, ni siquiera intenta defender a aquel desgraciado, nada tiene sentido excepto su puño cerrado, su ira, él. ¿En qué se ha convertido? ¿Es esto lo que es él? No le gusta. No se gusta. Pero sabe que es él. Sí, es él, el que estaba a punto de ahogarse, el que se ha dado cuenta antes de abrir la boca y llenarla de agua, el que ha estado a punto de no volver a respirar nunca más. Solo de él dependerá que pueda conseguirlo.

....

Incapaz de conectar el portátil al *wi-fi*, decidió apagarlo y coger el atlas que había heredado de sus años de colegio. Un atlas bien encuadernado, con mapas físicos y políticos de todos los continentes, con una breve reseña de cada país. Si iba a huir de aquel tedio que había conseguido atraparle, buscaría el lugar ideal donde hacerlo, no quería ser un turista, no quería ser un refugiado. Solo quería huir, encontrar el mejor lugar donde nadie le buscara, donde no conociera a nadie, ni nadie le encontrara. Se dio cuenta de lo difícil que era estar solo y de lo sencillo que es sentir la soledad; siempre había vivido acompañado, todos los viajes que había realizado habían sido en pareja, cuando la tenía, o con amigos. Pero ahora estaba decidido a afrontar este viaje, esta aventura, "Mi Huida", como la había llamado, así con mayúsculas, sin esconder el hecho de que no era capaz de afrontar este momento de su vida, que solo sabía que necesitaba escapar, marcharse, irse. Huir, en definitiva. Y no quería engañarse al respecto. Estaba perdido, y lo único que quería era perderse aún más, hacerse invisible y encontrar algo que pudiera hacerle volver. No era capaz de sostener su propio mundo, y quería hallar la fortaleza que necesitaba y que ahora no tenía. Su mundo estaría cuando él volviera, pero... ¿sería él capaz de encontrar el camino de vuelta?

Aún no había encontrado el destino y ya estaba pensando en el camino de vuelta. Decidir el destino parecía más complicado que despedirse del trabajo. Pensó que dejar la oficina le iba a costar más pero, valorándolo a toro pasado, no había salido tan mal. Pidió hablar con su Director un segundo, a solas, si puede ser, en la sala de juntas. Será un momento. Consciente del tiempo que le haría perder, su jefe asintió a regañadientes, acordándose de que debía escuchar a sus empleados, bla, bla, bla, y simuló una sonrisa. En la sala de juntas, cerró la puerta suavemente y siguió asiendo el picaporte, con prisa en sus manos. Jon se sentó, sin esperar a que él lo hiciera antes, como de costumbre, y el Director entendió que no podría escapar de allí sin compartir un poco de su tiempo con Jon.

—Director, quisiera decirle que voy a dejar la compañía. Llevo trabajando aquí un tiempo que considero suficiente, y a pesar de encontrarme muy a gusto, el cuerpo me pide comenzar una nueva etapa. Espero que lo entienda, quería darle las gracias por todo este tiempo juntos, en el que he aprendido mucho.

—No creas que no sé leer entre líneas, muchacho —su gesto había variado de la sorpresa a la ira mientras Jon hablaba—. Sé que no estás contento en el puesto actual, que has visto cómo otros compañeros ascendían por encima tuyo, más rápido, pero te juro que no hay nada que pueda hacer al respecto. Así que, aunque me presiones diciendo que quieres dejar la empresa, no voy a concederte ese ascenso. Pensarás, sí, pensarás... Sí, creerás que eres muy bueno, que eres mejor que ellos. ¿Verdad? Sí, todos sois iguales. Que sepas que no voy a dejarme presionar. Tu actitud nunca ha sido buena, muchacho, nunca has dado un paso más de lo necesario. Te considerábamos un tipo con potencial para este negocio, pero... nunca has explotado. Y creemos que nunca explotarás. Es la cruda verdad. Seguramente creerás que soy un memo, que soy un esclavista, vamos, puedes decírmelo, como todos los que se van. Pero, muchacho, tú no eres mejor que yo. Ni lo sueñes, nunca llegarás a nada, la verdad es que trabajar contigo ha sido una pérdida de tiempo tan grande para ti como para mí. Es la pura verdad. Y casi que me alegro de que te vayas ahora. Nunca has encajado.

Jon escuchó en silencio. Cuando el director finalizó, se quitó la corbata que llevaba anudada al cuello. Se tomó tres segundos para contestar, contó hasta cinco. Se tomó otros tres segundos. Y le respondió: "Al contrario que usted, creo que ha sido el mejor jefe que he tenido nunca. Tiene unas condiciones innatas para sacar lo mejor y lo peor de mí y, cuando ha querido sacar lo mejor de mí, ha sido perfecto. Solo siento que no haya querido sacar más veces lo mejor de mí. Desconoce qué efecto tiene en los que le rodean y, si lo supiera, sabría el poder que puede llegar a tener. De cualquier manera, quisiera agradecerle el tiempo que ha pasado enseñándome el oficio, ha sido usted muy amable".

El Director alzó las cejas como única respuesta. Acordaron el día de su partida. Y el Director cogió el picaporte para salir de aquella sala de juntas. Esta vez dejó pasar primero a Jon.

No podía resultar más difícil que aquello lo de elegir un lugar adónde huir. Entendió que España estaba descartada. No cambiaría de ambiente, su móvil seguiría teniendo cobertura, sería muy fácil que volviera a cometer los mismos errores. Descartó también Francia; no pisaría el país mientras tuviera aquel presidente, y la misma razón le valía para Italia. Descartó Marruecos; buscaba algo de tranquilidad, no pelearse con cada vendedor ambulante. Pensó en Inglaterra, pero Londres estaba lleno de conocidos, y las frías calles de edificios de ladrillo no le entusiasmaban. Se preguntó por qué aquel mapa de Europa era tan pequeño en el atlas, por qué había tanto azul en el mapa. Y descubrió que estaba hecho para incluir Islandia sin tener que meterla en un cuadrito, tal como aparecen siempre las Canarias en el mapa del tiempo. Se preguntó si de verdad Islandia era Europa, pero no supo contestar. ¿Qué otra cosa podría ser si no? Leyó por diversión el texto referente a Islandia, y encontró palabras que hicieron que se decidiera rápidamente. Leyó glaciar, frío, bajísima densidad de población, silencio y naturaleza. Y decidió que no quería saber más. Buscó billetes, buscó un hostal para las dos primeras noches, decidió. Al revisar los correos de las confirmaciones de las reservas, descubrió que no había dudado. Ni rastro de la melaza.

………..

En el avión recordó aquel momento en Nueva York, en algún lugar de la línea 1 entre las estaciones de Columbus y Times Square. Llevaba un rato en el tren, pero no se había percatado. Un anciano de abundante pelo canoso, sin rastro de sus dientes, viajaba con una maleta de mano, una de esas con las que se puede viajar sin necesidad de facturar. Llevaba en la otra mano una carpeta con una pinza en la parte superior, con la que sujetaba unas cuantas cuartillas en blanco. Asidos por una cuerda a la pinza, tenía dos lápices, toscos, burdos, de grafito negro. Se sentó educadamente junto a una viajera de color, rechoncha, miope, a la que pidió permiso para retratar.

"No money if you are not happy". Ella confirmó que no pagaría si no estaba contenta, y accedió a que la dibujara el desconocido. Aquel hombre la miraba un segundo, y al instante la emprendía a trazos con el papel, dibujaba rasgos que, poco a poco, hacían emerger del papel su rostro. Todo era tan sencillo que parecía que el papel contuviera el retrato, que aquel hombre solo se encargaba de eliminar aquello que sobraba, solo descubría el retrato. Todos los pasajeros del vagón miraban aquella maniobra tan sencilla, tan simple, tan limpia. Todos veían cómo ella se sentía observada, deseada, cómo atraía las miradas que le hacían sonreír sin querer. Se le escapaban las sonrisas que aquel hombre pedía que mantuviera, para poder reflejarlas en el papel, para poder descubrirlas allí. En dos o tres estaciones, aquel viejo, que viajaba por la vida en metro con una maleta con ruedas, había convertido en Arte una cuartilla de papel en blanco, porque... Arte fue la sonrisa de aquella mujer al recoger su retrato, y sí, pagar, pues estaba conforme con el resultado final. ¿Qué es Arte sino la capacidad de crear una sonrisa de la nada?

Pero aquel hombre no estaba del todo satisfecho, y Jon recordó que le pidió permiso a la viajera ya retratada para hacer un nuevo dibujo. Ella le repite que no pagará, aunque esta vez lo dice entre risas, contenta de tener su primer retrato a un buen precio, apenas un par de dólares. De nuevo accede, y posa sin quererlo bajo la atenta mirada del anciano de la maleta de ruedas. Él vuelve frenéticamente a trazar sobre el papel, de nuevo milagrosamente aparece ella, su perfil en el papel, pero en esta ocasión el dibujo es sublime porque capta perfectamente su figura, su intención, su mirada, su interior. Pero la viajera está inquieta, su parada se acerca y ve que el nuevo dibujo no va a estar terminado para cuando ella vaya a bajarse del tren, a pesar de que le ha insistido que no lo quiere. Y la estación llega. Y los conductores del metro de Nueva York no se detienen demasiado en las paradas, así se lo pida una viajera a la que estén haciendo un retrato. Y ella se levanta y le extiende un billete de cinco dólares, para recoger el nuevo retrato. *"No"*, dice él. *"You told me that you didn't want this one"*. Ella le replica que no iba a pagar por él, pero que sí que lo quería. *"The one I gave you was not perfect. This is the perfect one, and I will keep it with me"*. Ella insiste con sus cinco dólares, mirando de reojo el andén, controlando las puertas del vagón. Pero el hombre niega con la cabeza, mostrando una sonrisa. *"I'll keep the perfect one with me"*. La mujer desiste, frustrada por no haber negociado bien. Se baja del vagón, decepcionada, pero todos saben que olvidará la segunda parte de aquel momento en cuanto recuerde el primer retrato.

Jon siguió entonces observando a aquel hombre. Durante unos minutos este estuvo repasando aquel retrato, perfilando los últimos detalles. Cuando estuvo finalmente conforme con el resultado, abrió la maleta que llevaba consigo donde trasladaba cientos de retratos realizados a vuelapluma, todos ellos similares al que acababa de realizar. Retratos de grafito, cientos de capturas instantáneas, rostros serios, o relajados, o sonrientes, o derrotados. Cientos de retratos de interior, de dibujos perfectos. Eligió un lugar donde clasificar el nuevo retrato. Jon se preguntó si quizá los ordenara por estaciones, y el viejo cerró la maleta de nuevo, lleno de satisfacción.

Aquel viejo desdentado se quedaba con la perfección en cada uno de los trayectos que realizaba. Guardaba para sí lo mejor, lo más brillante, lo intemporal, lo que podría hacerle removerse por dentro. Dejaba las migajas a los demás, los segundos premios, las sobras. Y él, mientras, protegía toda la belleza, y la transportaba en una maleta pequeña.

Jon no supo por qué se acordaba de aquella historia en ese momento. Trató de reflexionar sobre qué es lo que su cabeza le estaba diciendo con aquel recuerdo, pero el ruido de los motores abortó cualquier misión de pensamiento. El avión comenzaba el despegue. Y todo comenzaba a quedar lejos.

1

(…)

Sigur Ros

Reykiavik. Reykiavik. Jon tuvo que decirlo dos veces en voz alta para escuchar su sonido, para estar seguro de que sí, de que estaba allí, de que estaba a miles de kilómetros de distancia de su casa, del tedio, de la melaza. De ella. No era fácil de pronunciar, tampoco de escribir. Reykiavik. La capital más septentrional del mundo, el lugar donde dicen que no se pone el Sol. Se sentía un explorador de lugares vírgenes, de espacios inexplorados. Era una huida, pero... no tenía por qué dejar de ser divertido.

En el pequeño vestíbulo del aeropuerto, consiguió entender que una línea de autobuses le llevaría directamente hasta el hostal que había reservado. Pagó sus primeras coronas islandesas por el billete y se apresuró a coger un asiento junto a la ventana, para poder curiosear todo lo posible. Fue sencillo, pues todos los pasajeros viajaban en parejas y dejaban muchos espacios junto a las ventanas. Casi todos llevaban grandes mochilas al hombro, y en sus rostros se veía la excitación y el cansancio por el viaje.

Hasta que no emprendieron la marcha, Jon no se dio cuenta de que la oscuridad inundaba el ambiente. Pensó que le habían engañado con aquella noche eterna, que la primera leyenda sobre aquel país era la primera invención para viajeros desinformados. Pero eran las dos de la mañana, suponía que incluso a esa hora también el Sol debía descansar. La oscuridad, sin embargo, no era definitiva para la vista, aunque sí para el oído. Contemplaba el silencio, cada ruido amortiguado por arte de magia, como si todos llevaran tapones para los oídos, como si cada sonido desapareciera en la noche, como los días de nieve en la ciudad.

Esperaba sentirse maravillado por el paisaje, estaba dispuesto a recibir toda la belleza del lugar. Jon deseaba poner sus cinco sentidos a disposición del lugar, inundarse de sensaciones, y arrinconó en su mente lo conocido, dejó abiertas todas las puertas de su percepción, dispuesto a recibir un torrente de pequeñas maravillas. Pero sintió una pequeña decepción en su trayecto a la ciudad, al no poder evitar pensar que transitaba por el desierto de Aragón. Llanuras volcánicas, montes agrestes en la lejanía, ausencia de cualquier tipo de árboles, una carretera sin curvas que discurría bordeando el mar, en el que se reflejaban los montes del otro lado de la bahía. Todo inundado de silencio, como dentro de una pecera, de una inmensa pecera de agua cristalina.

Luchó con todas sus fuerzas, pero al final los párpados le vencieron, y dormitó durante unos minutos en el largo trayecto, y se despertó con los giros del autobús al negociar las rotondas. Por fin la ciudad dormida, repleta de pequeñas casas de chapa en los suburbios, y grandes avenidas y altos edificios de oficinas al acercarse al centro, donde de nuevo pequeñas casas y edificios de no más de cuatro plantas ocupaban su visión. Aceras de césped, que daban color pero dificultaban el paseo, nombres imposibles en las placas de calles, un pequeño pero colorido lago, giros constantes que finalmente hicieron desistir a Jon de tratar de orientarse. Se abandonó al disfrute de lo que veía, hasta que consiguió entender el nombre de su hostal entre los que nombraba el conductor en cada parada. Cogió su mochila y se dirigió al hostal, un edificio moderno de hormigón y cristal, tres plantas, que podría haber estado en cualquiera de las ciudades que ya conocía. Su habitación era simple, el baño compartido, la toalla áspera y el somier de muelles. Cayó en la cama como si hubiera terminado la madre de todas las batallas. No importaba el resultado, por fin todo había acabado. Cerró los ojos, seguro de que mañana sería otro día.

....

Le despertó el sol, algo que le cabreaba sobremanera en cualquier día de trabajo en Madrid pero que, de vacaciones en Islandia, le pareció un milagro de la naturaleza. El sol, que daba la vida, que ascendía a los cielos cada mañana, ocurriera lo que ocurriera, sin falta, sin esperas. Le pareció mágico hasta que comprobó en su reloj que eran las seis de la mañana. Entonces le pareció una putada, e hizo una nota mental. Comprar un antifaz para dormir. Y luego hizo otra: Crear un negocio de persianas en Islandia. Y se fue a duchar, incapaz de volver a dormir y de perder el tiempo.

Tomando el desayuno se sentía como un arquitecto al visitar por primera vez la construcción de la obra que había proyectado. Por primera vez dejaba atrás planos, dibujos, recreaciones por ordenador, maquetas… Por primera vez se enfrentaba a la sensación real de lo que había imaginado, de la creación que había surgido de su mente. Jon, por primera vez, iba a saber si ese edificio de libertad y de evasión que para él era Islandia iba a ser como él había soñado. ¿Formaría la luz aquellas sombras que había visto en su cabeza? ¿Ascendería el vaho expulsado por su boca lentamente, flotando un par de segundos frente a él antes de desaparecer, como había soñado? ¿Se acumularía la nieve, perpetua, en esquinas y rincones olvidados por la luz?

Comprobaría si los islandeses son tan silenciosos como había imaginado, una quietud solo rota por los chisporroteos de los troncos en las chimeneas y por el roce de las botas que, para las nieves, todos los lugareños vestían. La ansiedad por comprobar si la realidad era tan perfecta como él había imaginado no le dejó terminar el desayuno y le impulsó hacia la puerta de salida, sin apenas tiempo de recoger su mochila con lo imprescindible.

Reykiavik es una ciudad costera, que nace en un brazo de tierra que se va adelgazando en su camino al Oeste. Su hostal estaba en el centro de la ciudad, pero aún en la parte alta de la península. Así, pudo pronto vislumbrar todo su camino al centro de la ciudad, al ser este cuesta abajo.

Pronto encontró la calle principal, Hversfigata, la arteria que articula la vida de la ciudad, repleta de pequeñas tiendas, de supermercados, de pubs, de bancos. Siempre repleta de coches atascados al ser tan estrecha, una de las primeras decepciones para Jon. No dejó de escrutar y analizar cada casa, cada comercio, cada persona con la que se cruzaba. Jon sabía que recordaría la sensación al descubrir que allí, entre aquellas casas de dos o tres plantas, en aquel ambiente repleto de casas de chapa de colores, incluso allí, a cientos de kilómetros del continente, también habían llegado los claxon de los coches.

Visitó, en una pequeña plaza empedrada, la oficina de turismo, de la que salió confuso por la mucha información recolectada y por el trato recibido. Habían sido todos amables, pero le habían hecho sentir que no estaba en casa. Quizá para los islandeses los visitantes eran un mal necesario, después de todo. Jon se sintió un *hooligan* de chanclas y calcetines blancos en la playa de Calella, con la cara y los brazos rojos, con tripa cervecera sobresaliendo de su bañador hawaiano. Dudó si volver y explicar el motivo de su viaje. Pero luego cayó en la cuenta de que no estaba orgulloso de aquello que iba a contar y que tal vez ni siquiera fuera capaz de explicarse, así que se dejó caer en un banco y se comparó con las personas que entraban en la agencia de turismo, tratando de asegurarse de que no era como ellos.

No eran muchos los turistas aquel día en la plaza, así que comenzó a fijarse en los transeúntes que paseaban por allí para convencerse de que no era un extraño indeseable. Jon nunca conseguía agrupar a las personas en un local cerrado por alguna característica común, siempre vislumbraba la identidad individual de cada una de las personas que conocía, pero ahora le resultaba imposible distinguir cualquier rasgo de una sola de las que cruzaban la plaza. Solo podría decir obviedades de mal gusto, así que ni siquiera probó a escribir las palabras en su mente. Al desviar la mirada por un momento hacia los escaparates de las tiendas y fijarse en aquellos chaquetones tan abrigados y los gorros calados que vestían los maniquíes, no pudo dejar de recordar las noches de domingo de invierno cuando era niño, volviendo de casa de su abuela de hacer una merienda-cena, abrigados por el frío que hacía aún dentro del coche tras una visita larga, y en un trayecto corto que hacía imposible que se calentara el habitáculo. Expulsaba vaho en el coche, constantemente empujando a su primo favorito, jugando, mientras este le devolvía los empujones, con mucha menos fuerza. Evocó el sabor de las croquetas de jamón de su abuela, las carreras hasta el portal para ser el primero en tocar el pomo y así vencer en la competición a su primo, o si no buscar alguna excusa en caso de perder. Recordó por un breve instante la sensación de estar en casa, y se obligó a respetar aquello que para otros era su hogar. No hubiera borrado aquel recuerdo ni por todo el oro del mundo, y se preparó para no romper ni un solo instante de esa sensación en cualquier rubio islandés, por mucho que le respondiera desafiante a sus preguntas sobre las distancias entre los pueblos o los estados de las carreteras.

Extraño lugar que le hace recordar que es el hogar de algunos que se creen bienaventurados. Extraño en un lugar que le hace evocar el propio hogar por ser único, como el propio Jon lo siente.

....

Se sentó a comer en una terraza de la plaza Alpingishúsid. La gente charlaba animadamente al sol mientras almorzaban. Apenas quedaban mesas libres, todos querían aprovechar aquel caluroso día que parecía no debía ser demasiado común en Reykiavik. Miró la carta, y eligió una ensalada y un bocadillo de lo que parecía pollo braseado. Espero a que la camarera le tomara nota, y mientras admiró aquella plaza cuadrada, con jardines cuidados, con una vida impensable tan cerca del Polo. Jon pensó en Madrid que las calles de Reykiavik estarían vacías, que no sería sencillo encontrar a alguien fuera de sus casas. Y se veía ahora en una plaza ocupando la última mesa de una terraza al sol, quitándose la cazadora por el calor.

Llegó la camarera, y Jon hizo ademán de pedir. Pero la voz no le salía, tuvo que carraspear e intentarlo de nuevo un par de veces. Por fin, pudo hacer su pedido. La camarera, sonriente, le indicó que el agua estaba en aquella mesa, que podía servirse cuanto quisiera. "A ver si mejora esa carraspera". Eran las tres de la tarde, y aún su voz no se había acostumbrado a hablar. Le hubiera gustado no estar tan solo. Por primera vez en Islandia, pensó en ella.

El sol llegaba con fuerza a la terraza, y Jon se quitó también el jersey. Imitó al resto de clientes, que trataban de salvarse de aquel sorprendente calor. Jon llevaba una de sus camisetas favoritas, la camiseta del Real Burgos de la temporada 91/92, con el nombre de Ayúcar a la espalda. De un color rojo espantoso, con una banda vertical marrón en el lado izquierdo, en la que se encontraba alojado el escudo del equipo. Los cuellos eran flojos, nada rígidos, y se bamboleaban con cualquier pequeña ráfaga de aire. Aquella debía de ser una de las camisetas de fútbol más feas que podía haber comprado, pero Jon quería precisamente aquella, y tuvo que hacer muchas indagaciones antes de comprarla. El tacto era áspero, las costuras le picaban y se le marcaban en la piel, el número 10 de la espalda estaba cerca ya de desaparecer tras tantos lavados. Pero aquella camiseta de Ayúcar le ayudaba a sentirse como le gustaba.

A Jon le encantaba el fútbol. No es que fuera de un equipo, que lo era, pero apreciaba sobre todo a los buenos jugadores. Y aquello estaba por encima de todos los resultados. Un gran pase, un regate inverosímil, un decisivo desmarque sin balón, una parada en un uno contra uno. Jon valoraba todos los lances del juego, valoraba cada acción de manera individual. Jon podía disfrutar del partido aunque su equipo perdiera si lo hacía ante un gran equipo, unos grandes jugadores. Admiraba a aquellos capaces de cambiar la dirección de un partido con un gesto, un pequeño detalle que hacía que cambiara la pequeña historia de noventa minutos.

Le hubiera encantado ser como Messi. Había visto jugar al Barcelona en varias ocasiones, y siempre se admiraba de la reacción del público cuando Messi recibía la pelota a treinta metros del área, con unos metros por delante hasta el siguiente defensor. Cuando estaba en el Nou Camp, el campo se quedaba literalmente sin oxígeno. Todos cogían aire, preparados para cinco, seis, ocho segundos de slalom, de corazones desbocados. Tras aquella pausa, en la que casi se podía escuchar cada uno de los pasos de Messi sobre el verde, siempre había una exhalación general, bien en forma de "gol" o en forma de "uy", las menos. Siempre todos sonreían, a pesar de que el balón saliera alto o con una mala dirección. Por aquellos momentos en los que se olvidaban de respirar, pagaban su entrada. Cuando el Barcelona jugaba como visitante, Jon apreciaba que el público se quedaba en silencio en cuanto Messi recibía con espacio las plegarias que subían al aire, en forma de "nononono" mientras cada uno de los asistentes levantaba un poco, un poco nomás, el culo de sus asientos, por la pura expectación. Al terminar la jugada, invariablemente devolvían el culo al asiento, se miraban entre ellos, giraban la cabeza y levantaban las cejas, antes de comenzar un pequeño murmullo que inundaba las gradas. Messi hacía disfrutar a todos, aunque algunos lo convirtieran en sufrimiento. A Jon le hubiera encantado ser Messi, levantar a la gente de sus asientos por su sola presencia, por su carisma. Pero sabía que nunca sería así, y que ni siquiera era bueno que pudiera imaginarlo. Jon era como Mágico González, como De la Peña, como Sandro, como Le Tissier, como Ayúcar.

Ayúcar despuntaba en el fútbol cuando a Jon comenzó a interesarle el juego. Hasta entonces lo veía como una película, algo en lo que no era necesario involucrarse para disfrutar. Algo ajeno, sin más profundidad. No le interesaba como a sus amigos, que conocían las alineaciones de cada uno de los equipos de primera, incluso alguno de los de segunda. Pero aquel domingo Jon estaba viendo el resumen de los partidos de primera en *Estudio Estadio*, junto a su padre. Apenas prestaba atención pero, cuando la televisión se ponía en casa, era difícil concentrarse en otra cosa. Su padre la ponía a un volumen muy alto y ahogaba cualquier intento de conversación comentando en voz alta cada lance del juego. "¿Pero has visto qué parada?". Jon no era capaz de valorar nada de lo que en la pantalla sucedía, pero siempre asentía. Y comenzó entonces en la pantalla el resumen de un Burgos-Barcelona. Por televisión aquel campo, el Plantío, le parecía a Jon más un patatal tras una tormenta que un campo de primera división. Se preguntaba a sí mismo de dónde había sacado aquella comparación, cuando un jugador larguirucho del Burgos dejó sentados, con un quiebro magistral, a cuatro defensas en la frontal del área y asistió a un compañero que venía en carrera, para anotar un gran gol. Aquel jugador modesto, de un equipo modesto, realizó una jugada maestra que hizo que algo se removiera dentro de Jon. Vio la repetición a cámara lenta, extasiado, mientras preguntaba a su padre quién era aquel jugador. Se dio cuenta de que había escuchado la respuesta de su padre estando ya de pie, aunque no recordaba haberse levantado. "Ayúcar" repitió el nombre que su padre había pronunciado. "Juega en el Burgos". Jon ni siquiera sabía que Burgos tuviera un equipo de fútbol. Pero aquel nombre se le quedó grabado en la memoria, asociado a aquella jugada, e incluso se atrevió a comentar al día siguiente con sus amigos sobre aquella jugada.

Jon recordaría años después perfectamente la voz de aquel locutor: "En la repetición podremos comprobar el mérito de Ayúcar en la realización de la jugada". Jon aprendió que el fútbol son pequeños detalles de grandes o pequeños jugadores, pero simples jugadas que hacían un momento imborrable. Una mínima decisión, tomada en una décima de segundo, que hacía del juego un intenso placer efímero que se evaporaba en busca del siguiente momento mágico. Jon no veía en aquellos jugadores ni un rastro de melaza, ni un pequeño signo de duda o debilidad. Adoraba aquellos momentos, aún lo hacía. Y cuando lo conseguía algún jugador que no era reconocido como una estrella, que era un mortal más, no un elegido de los dioses, sino un espejo de lo que podría haber sido él, la admiración se multiplicaba. Jon compró la camiseta de Ayúcar años después, en memoria de aquel momento que le enseñó a querer aquel juego. Con aquella camiseta Jon se reconocía, con ella no podría olvidar quién era.

Tras la comida, en la que se sintió como en una terraza cualquiera en una plaza empedrada de Madrid, sacó el mapa de la ciudad. Por la mañana había conocido la parte norte de la ciudad, así que decidió pasear por los alrededores del lago que se encontraba al sur, cerca del ayuntamiento. En una de sus riberas, encontró casas que parecían formar un buen barrio, unifamiliares, de dos o tres plantas, de chapa blanca las paredes, pero con tejados de colores vivos que resplandecían al sol. En el camino entre flores que bordeaba el lago, Jon encontró un banco de madera, a la manera de Notting Hill, en el que pudo descansar. Cruzando la vista a través del lago, en el que había cientos de gaviotas, se encontraba la parte más funcional de la ciudad, menos atractiva, en la que destacaba una iglesia, con una alta y delgada torre coronada por una cruz. El tipo de construcción no destacaba demasiado de lo que había encontrado hasta ahora. Paredes de chapa blanca, coronadas por un tejado verde en esta ocasión. Sin embargo, Jon apreció la ausencia de detalles, la total funcionalidad, la construcción para un fin, un objetivo conseguido. Apreció la vista, sin exigir nada más. Algunos paseantes daban de comer a las gaviotas. Un niño rubio se mojaba las zapatillas cada vez que se acercaba a la orilla para lanzar el pedazo de pan lo más lejos posible. Su madre, cuatro o cinco metros atrás. No le regañó, ni siquiera se lo hizo notar. Jon sonrió en mitad del silencio solo roto por los graznidos de las aves, que se peleaban por los mendrugos de pan.

Si hubiera buscado entre los días imaginarios que escribía en su diario cuando comenzaba la universidad, seguramente hubiera encontrado uno como este, sin nada que hacer más que pasear, descansando en un banco de madera y viendo las gaviotas ir y venir. Quizás no hubiera imaginado que hubiera sido en esta ciudad, pero, al final, ¿no son solo las sensaciones lo que importan? Jon dejó de escribir aquellos días imaginarios. Fantaseaba con que quizá alguien leyera su diario secreto, pero entendió que nadie estaba interesado en sus días, en sus pensamientos. A partir de entonces, se dedicó a escribir detalladamente los hechos reales de cada día, hasta que se aburrió de su día a día y arrinconó en un lugar de su estantería, metido en una caja, los diarios que había escrito e imaginado de su vida hasta entonces. A partir de entonces, le fue más sencillo olvidarse de sí mismo. Descubrió que ni siquiera a sí mismo le interesaban sus días.

Volvió al centro de la ciudad. Se sentía cansado por el viaje y las primeras emociones, y decidió hacer una siesta antes de salir a cenar. Quería, además, visitar algún pub aquella noche. De camino al hostal, se detuvo en una tienda para turistas y compró una postal de la ciudad y sellos. Ya en la habitación, se tumbó en la cama y comenzó a escribir en inglés en la parte posterior de la postal, una fotografía de la plaza del ayuntamiento. "Este está siendo mi primer día en su ciudad. De momento poco puedo decir, excepto que es lo que estaba buscando. Me he sentido extraño, pero no tanto como si me disfrazara de conejo gigante en mi ciudad. He comprobado que no tienen troncos de madera ardiendo en cada casa, ¡qué decepción! Pero he comprobado que aún hay sitios donde hay respeto por el silencio. Y por la buena lectura. Al venir al hotel, he visto un ejemplar de *El código Da Vinci* en la basura. Un hombre lo ha cogido, curioso, ha descubierto el título y lo ha vuelto a alojar allí. Gracias por estas primeras horas. Jon. PD. No es necesario que conteste. Si quiere hacer algo por mí, bese a su esposa".

Tras la siesta, pidió en recepción una guía telefónica de la ciudad. Eligió un nombre y una dirección al azar, pegó el sello y lo depositó en el buzón amarillo de la entrada. Rememoró, no sin nostalgia, los sobres con bordes rojos y azules, especiales para envíos por avión. Recordó que era necesario comprar unos folios especialmente ligeros para esos tipos de envíos, y trató de rememorar su especial tacto. No fue capaz. Se subió la cremallera del abrigo y salió en busca de un lugar donde cenar.

Cenó en un restaurante italiano, Pisa. La comida islandesa no parecía demasiado atractiva a juzgar por los menús que, en pizarras, colocaban en la calle los restaurantes. Se decidió a buscar algo menos exótico para ser la primera noche. Los espaguetis estaban muy sabrosos, aunque tardaron mucho en servirlos. Jon se entretuvo escuchando las conversaciones de las mesas contiguas, también las de los propios camareros. Era el único cliente que ocupaba una mesa solo. Se sintió íntimamente orgulloso de ser capaz de cenar solo por su propia elección pero, en cuanto probó el queso de la pasta, echó de menos poder hablarle a alguien sobre aquella vieja granja que había visitado en la Toscana, en la que había probado el mejor queso del mundo. "A esto has venido", se dijo Jon. "A contarte tus propias historias".

Para romper aquel silencio, Jon pidió a la camarera, que le retiraba el plato ya vacío, un lugar donde poder escuchar buena música en vivo. Ella sonrió y se marchó. Jon dudó de su inglés, también de si había perdido su capacidad de habla para con el resto de los humanos tras un día a oscuras, pero ella llegó al rescate de sus lamentos con una guía nocturna de los mejores locales de la ciudad y con una programación de las actuaciones de aquella noche. Jon agradeció con una sonrisa, mientras pidió una tarta de queso. Eligió un local cercano, siguiendo la recomendación de la camarera. Tras pagar, se dirigió al pub andando, aunque se sintió extraño yendo a un concierto cuando aún el Sol estaba luciendo en el cielo.

El local no dejaría de ser una pequeña sala de conciertos en Madrid, pero allí Jon respiraba música. Le encantaban los lugares que podrían convertirse en mitos, le gustaría poder decir "yo estuve allí cuando no era conocido", y aquella sala podría llegar a serlo. El techo no era muy alto, pero el escenario era visible desde cualquier lugar del recinto, que tenía una forma cuadrada. Había barra en las otras tres paredes, y Jon se acercó a una de ellas a pedir una cerveza. "¿Qué marca?". "Una islandesa, si me la recomiendas". "Te pondré una Heineken entonces". "¿No te fías de vuestra cerveza?". "Solo te estoy ahorrando unas coronas porque, tras probar nuestra cerveza, querrás quitarte el sabor con una Heineken". "Gracias entonces". "No hay por qué. Disfruta del concierto". La acústica del local era excelente, el sonido llegaba claro, intenso, perfecto. El grupo lo conformaban cuatro músicos: un guitarrista, un bajo, un teclado y el batería. Tenían talento, sonaban bien. No eran un grupo con pretensiones, hacían versiones de otros grupos, pero ralentizaban el ritmo de todas las canciones. Al comienzo a Jon le fue difícil entenderlo, pero aventuró que quizá estaban "islandizando" las canciones, las estaban traduciendo al ritmo de vida del país, con respeto, con tensión, con ilusión. Transmitían profesionalidad. Pero de lo que Jon se sorprendió más fue del público. También parecía profesional. Todos escuchaban en silencio, absorbiendo cada nota, siguiendo el compás con los pies. En la mano una cerveza, la mirada fija en el grupo o en el suelo, invariablemente. Al acabar cada canción, arreciaban los aplausos, cuya intensidad dependía del éxito concreto del tema que acababa de terminar. No recompensaban con aplausos porque así es como debería ser. Cada uno de los asistentes premiaba o no a los músicos por su interpretación en cada una de las canciones. En Islandia saben apreciar cada canción, cada instrumento, cada construcción. Jon descubrió esa noche un país de músicos.

En el descanso del concierto, Jon se atrevió a preguntar a su compañero de al lado si el grupo cantaba en islandés o inglés. Creía haber entendido algunos compases, pero las letras de las canciones no eran como él las recordaba. Le respondieron que eran adaptaciones al islandés de aquellos clásicos del rock o el pop. "Seguramente has reconocido algunas palabras porque no siempre todo es traducible, y además en Islandia hemos adoptado algunos anglicismos al lenguaje de la calle". Jon, confiado en su primera conversación en el país, preguntó si había varios idiomas en Islandia, aunque antes le preguntó su nombre. Eidur le dijo que solo existía el islandés, aunque casi todos los jóvenes del país, sobre todo en Reykiavik, dominaban el inglés. Aún había un tercer idioma, que no dejaba de ser

Jorge Viejo

jerigonza. Sigur Ros, una banda islandesa, había ideado aquel
idioma para sus canciones. Se llamaba vonlenska. No dejaban
de ser sonidos del islandés, pero no tenían un sentido claro.
Jon preguntó si Sigur Ros siempre cantaba en vonlenska, pero
Eidur le explicó que a veces cantaba en islandés, y otras veces
en inglés. "Últimamente son difíciles de ver por aquí. Ahora
son conocidos en todas partes, y muchas veces están de gira en
cualquier parte del mundo".

Vonlenska. Inventan su propio idioma para que nadie les
entienda, y de repente son estrellas mundiales. Jon supuso que
nadie sería capaz de explicarlo. Nadie que no fuera islandés.
Quizás ellos fueran capaces de explicarles qué hacía él en Reykiavik tomando una cerveza con Eidur, que le apremiaba a
presentarse a aquel grupo de chicas del fondo. "Los morenos
como tú suelen tener mucho éxito por aquí. Podrías incluso
decirles que hablas vonlenska". Jon dudaba si Eidur estaba
mofándose de él y le dijo que al día siguiente tenía que levan-
tarse temprano, y debía marcharse. "Tranquilo, si el sol aún no
se ha acostado". "Es cierto, pero la luna ya ha salido".

"Quizá hablar vonlenska no fuera del todo descabellado",
pensó Jon mientras dirigía sus pasos hacia el motel. "Inven-
tarme mi propio idioma. Quizás de esa manera aprendería las
palabras que quiero decirme".

2

Are you passionate?
Are you living like you talk?

"Are you passionate?"
Neil Young

La publicidad dice que, si París tiene su Torre Eiffel y Roma su Coliseo, Reykiavik tiene su Blue Lagoon, algo que no debe dejar de visitarse. Así que Jon, aún presa de las dudas de por dónde comenzar su viaje por Islandia, decidió coger su coche de alquiler y visitar la misteriosa laguna azul.

Apenas estaba a unos kilómetros de la ciudad, pero Jon se saltó la salida que le desviaba allí, así que tuvo que maniobrar para dar la vuelta y encontrar el buen camino. A cambio, pudo divisar la que ahora era su ciudad a orillas de la bahía. Estaba encantado de haber podido alquilar un coche de marchas automáticas, con lo que pudo evitar aquel sonido de "rasca y gana" cada vez que metía una marcha mal. No conseguía cogerle el truco a su propio coche, y ahora conducía despreocupado por primera vez en mucho tiempo.

A cuatro kilómetros de la carretera que une Reykiavik con el aeropuerto, se encuentra, escondida entre pequeñas montañas de piedras volcánicas, la Blue Lagoon. Jon esperaba un edificio grande, un parque de atracciones, unas señalizaciones decentes. Pero solo un humo blanco disperso, que se elevaba momentáneamente por encima del negro erial, le dio señales de que allí se encontraba aquel supuesto tesoro. Aparcó el coche y se dirigió a la entrada atravesando un desfiladero asfaltado entre riscos volcánicos. En la entrada tuvo posibilidad de, a través del amplio ventanal de la cafetería, poder ver un aspecto general de la laguna, pero prefirió disfrutar de ella sin hacerse una idea previa, y después dedicarse a las vistas panorámicas. Así que esperó su turno, pagó, recogió su toalla y tarjeta, se cambió en los amplios vestuarios, se hizo un lío con la tarjeta magnética de la taquilla, se duchó y accedió por unas escalerillas a la entrada a la laguna, atravesando unas pequeñas piscinas interiores.

Lo primero que le sorprendió, antes que la inmensa extensión de la laguna y la paz que desprendía, era que pudiera soportar el frío del país estando mojado y en bañador. Apenas había unos pasos desde los vestuarios hasta la laguna, pero Jon no era de los que soportaran el frío. Apenas estuvo allí de pie el tiempo suficiente para saber cómo operar (¿dónde deja uno la toalla? ¿Se entra con las sandalias, o se dejan fuera? ¿De verdad la gente no se muere aquí de frío?), para lo que dejó que dos o tres personas de las que lo seguían hicieran todo aquello que necesitaba saber, para repetirlo fielmente. Se hizo, a la vez, una idea de en qué consistía aquella maravilla. Una laguna artificial de fondo blanco, con el agua desprendiendo el humo que había visto desde la carretera, en mitad de un paisaje volcánico. Le llamó la atención la grandeza de la laguna, y la paz en la que la gente se bañaba. Charlaban en grupos, separados entre sí por dos o tres metros, algunos de ellos con la cara llena de una pasta blanca que llenó a Jon de curiosidad. Aquella laguna era el bar nacional. Y Jon, después de observar que había que dejar las chanclas al pie de la laguna y que se podía dejar la toalla en uno de los colgadores de madera junto a las piscinas interiores, dio el paso para formar parte de aquella pequeña maravilla.

Cuatro escalones de madera para entrar en el agua. La laguna no tenía demasiada profundidad, todos tenían que andar en cuclillas para que el agua les cubriera los hombros. La temperatura del agua estaría a unos veintinueve grados, pero la cabeza, fuera del agua, aún estaba sometida al frío aire islandés. Inmediatamente Jon sintió paz, maravillado por flotar en agua que podría cocerle. Exploró, con pasos tímidos, la laguna, descubriendo zonas donde reposar y charlar, un bar, una sauna y un baño turco, una pequeña cascada donde poder relajar los hombros dejando que el agua cayera directamente sobre ellos. Descubrió unos recipientes de madera donde encontró la pasta blanca que todo el mundo se pegaba a la cara. Leyó las instrucciones, cogió aquella pasta de silicio entre los dedos y repartió una capa uniforme por su cara. "Así que esto es un exfoliante", pensó Jon. Se sintió ridículo, pero divertido. A los siete minutos, se aclaró aquella pasta con el agua de la laguna. Se tocó la cara, divertido, tratando de encontrar un nuevo tacto en su piel, eliminadas ya las células muertas. Pero tenía ya las yemas de los dedos arrugadas por estar tanto tiempo en el agua, así que decidió aplazar aquella sensación hasta que volviera la piel lisa en sus manos.

Buscó dónde reposar, y encontró el sitio perfecto. Junto a una pequeña islita en el centro de la laguna, donde el agua salía más caliente de lo normal, y donde era posible descansar la cabeza en la repisa de madera mientras dejaba las extremidades llevarse por el pequeño ritmo del agua. El sitio perfecto. Un lugar ideal para descansar, que los músculos se relajen, que la mente se ablande, para sentir que flota.

En mitad de aquella paz, se dio cuenta de que aquel sitio perfecto tenía una pequeña tara, y es que en ocasiones el chorro de agua que sentía por debajo era demasiado caliente, y tenía que moverse ocasionalmente de sitio. En una de esas ocasiones, en la que abría los ojos para tratar de no dar a nadie que se encontrara cerca de él, creyó ver a lo lejos la melena morena de Berta, su antigua novia. En ocasiones creía encontrarla allí donde estuviera, pensaba que pasaba por delante, creía verla con el rabillo del ojo. Pero, como casi siempre, no era ella. Jon volvió a cerrar los ojos, y recordó la última vez que se habían encontrado, la última vez que aquella melena morena fue la de ella.

Se encontraron en el aeropuerto de Heathrow, ambos estaban allí por trabajo, ella más precavida, el avión de Jon salía antes. La vio pasar mientras esperaba frente a las pantallas, dudó un segundo si era ella, y se levantó para confirmarlo. Ambos se sorprendieron de encontrarse allí, después de tanto tiempo sin haberse visto. Se dijeron que estaban iguales, aunque ella mintió. Se preguntaron sinceramente por sus trabajos, se interesaron lo justo por el resto de su vida personal. La relación había terminado hacía mucho tiempo pero, al no haber mantenido el contacto, preguntar por la vida personal del otro se había convertido en una barrera que era difícil cruzar.

Ella le contó de los amigos comunes, con los que mantenía relación, a los que veía regularmente; le habló de los hijos de algunos, le contó de las cenas que habían celebrado semanas atrás. Jon no supo qué decir a cambio, pues no tenía relación con ninguno de aquellos compañeros que habían sido comunes.

Apenas fueron unos minutos, pues el avión de Jon se anunciaba con un embarque inminente, por lo que se despidieron con dos besos, con deseos de volver a verse y seguir contándose. Apenas unos minutos, que sirvieron para que Jon no creyera que volvería a encontrarse con ella en mucho tiempo adelante (¿qué posibilidades habría, después de coincidir en un aeropuerto extranjero?) y para que su ánimo quedara tocado. Jon no estaba frustrado por Berta, se alegraba de haberla encontrado, de saber que todo le iba bien, de que su sonrisa seguía siendo la misma. Jon pensaba que había olvidado, pero no, aquellos días en los que la relación había terminado, y con ella, también, la presencia de aquellos que habían sido amigos en su vida.

Jon rememoró durante el vuelo de vuelta cómo las atenciones de todos ellos fueron en una dirección, no en las dos. Jamás diría que ella no lo merecía, pero… ¿Y él? ¿Acaso no lo merecía él? La relación de Berta y Jon había terminado, pero ambos habían sido parte del grupo de amigos. O acaso eso creía Jon. Pero Jon se sintió solo como no se había sentido nunca hasta entonces. Siempre había creído Jon que lo bueno de los amigos es la posibilidad de elegirlos porque no vienen impuestos en el ADN, como la familia. Que uno podía estar rodeado de las personas que deseara, porque no hay ninguna regla sobre los amigos, cualquiera puede convertirse en parte de tu círculo, de tu lista de números en la agenda de teléfonos. Nadie le había contado que los círculos se rompen, que los números de la agenda se borran. Nadie le había dicho que la lealtad es un valor que no tienen todas las personas, y que los valores solo se demuestran en las crisis. Todo tuvo que aprenderlo Jon con sangre, como en las escuelas antiguas. A él le hubiera gustado seguir siendo inocente y, sin embargo, no dejó de sentirse culpable por el resto de los días, como un ciudadano que no hubiera delinquido en los calabozos de la policía, pero seguro de que habría hecho algo ilegal, si no… ¿Por qué estaría en esa situación? Jon se dejó aquella espina incrustada en su pulmón durante mucho tiempo. Había llegado tan dentro que ya no volvió a respirar tan profundamente como antes. Le dolía. Le dolía llegar hasta allí al inspirar.

Durante mucho tiempo esperó una visita, un correo, un café, una llamada, un algo. Pero parecía que Jon había cavado un hoyo muy profundo en la tierra, y que nadie en la superficie había notado el cambio. Al principio le sorprendió, pero no tuvo más remedio que aceptarlo el día que vio a Marla, una de aquellas amigas comunes, que evitó saludarle en la parada del metro, a pesar de encontrarse frente a frente. Marla era de aquellas personas que sonreían por todo en la vida, que siempre apostaban porque cualquier situación fuera a mejorar. Nunca Jon la había visto despreciar a alguien, hasta que así fue como se sintió frente a ella. Se sintió un emigrante en un lugar donde no entendía el idioma que todos los demás hablaban. Supo entonces que no volvería a recuperar nada de lo que tuvo.

Aquella sensación que tenía archivada en su memoria apareció de nuevo durante el vuelo de vuelta a casa. La separación de Berta ya había sido bastante dura, pero Jon tuvo que añadir aquel fardo a su carga. Jon se sintió triste de nuevo, solitario, mientras las azafatas de cabina explicaban las salidas de emergencia. Se sintió idiota por haber sido capaz de superar la ruptura con Berta, pero no aquello. Finalmente encontró la palabra "frágil", que resumió todo lo anterior.

Mientras recordaba aquella sensación, con los ojos cerrados en una laguna de agua caliente en Islandia, alguien había copiado su postura en aquella islita de madera, dejando su cabeza reposar en el saliente de madera y sus extremidades flotar a merced del agua. En uno de esos vaivenes, las extremidades de ambos se tocaron, y Jon, sobresaltado al no reconocer ni esperar aquel contacto en la oscuridad de sus ojos cerrados, se reincorporó abriendo los ojos y pidiendo excusas en castellano, como un acto reflejo.

—*Sorry*. Eh... ¿Eres español? —le dijo aquel hombre de cincuenta años, con barba y tripa descomunales, en un correcto castellano.

—Sí, sí, soy español. ¿Y usted?

—No, no, soy islandés. Me llamo Ólafur. Pero tengo una casa en Alicante, y hablo un poco de español. Siempre que puedo, me escapo con mi familia allí.

—Encantado. Yo me llamo Jon. ¿Sabe que nunca he estado en Alicante?

—Aquello es el paraíso para gente como nosotros. Sol. ¿Qué más puede pedir un islandés? —Sonrió de forma bobalicona, pero sinceramente.

—Cada uno encuentra su propio paraíso.

—Supongo que no esperas encontrar tu paraíso en este país, ¿verdad?

—¿Qué tiene de malo?

—Nada, si lo que buscas es un sitio aburrido.

—Quizás sí.

Ólafur saludó con su brazo a alguien en mitad de la piscina. Ella le devolvió el saludo.

—Es mi mujer. ¿Has venido solo a Islandia?

—Sí.

—¿Por mujeres o por amigos?

—¿Cómo?

—Islandia es un sitio alejado, bastante diferente de vuestro país. Es caro venir hasta aquí, hace frío —que a los españoles no os gusta demasiado— y normalmente vienen parejas o grupos de amigos. Pero es difícil encontrar a alguien solo, a no ser que venga precisamente a estar solo. Y únicamente se quiere estar solo cuando se tiene un problema, y los problemas más importantes, aquellos que te hacen viajar a un lugar donde el invierno dura tres estaciones, los producen las personas. Y las personas más cercanas son la pareja o los amigos.

—Buena deducción.

—Hacer preguntas es fácil, lo complicado es contestarlas.

—¿Y si te dijera amigos?

—Te diría que mientes, pero no me importa. No me conoces de nada, por lo que no tendrías que contarme la verdad. ¿Voy muy desencaminado?

—No que yo sepa. Felicidades por tu español.

—Me encantaría tener un poco de acento andaluz. Creo que ligaría más. Pero en Alicante no dejan de comerse las palabras, y me cuesta entenderlo. Nuestro profesor de español es de Madrid, hace las vacaciones a la vez que nosotros, y se pasa el verano dando clases de español en los jardines de los turistas. Llega moreno y gana dinero. No es tonto.

—No lo parece.

—Tú tampoco pareces tonto. Ahora mis amigos están en el baño turco. Todos los martes venimos aquí. Tenemos el carnet de socios, algo parecido. Tienes descuentos en las toallas, cosas así. Helgi y Halldor son mis amigos de la escuela, vivimos en el mismo barrio, trabajamos juntos. Ambos tienen una casa en Alicante, pero por suerte no en la misma urbanización. Seguramente habré visto a las dos H el noventa por ciento de los días que haya pasado en este planeta. E incluyo los días que estuve enfermo.

—Impresionante, ¿no?

—La palabra que buscas creo que es "aburrido". No hay nada más aburrido que saber qué es lo que vas a hacer mañana, y el día que sigue a mañana. ¿Por qué crees si no que has venido a este país? Para no saber qué te puede deparar mañana.

—No lo sé.

—Quizás aún no lo sepas. Pero es así. Por eso me encanta Alicante, no sé qué es lo que me van a deparar las cuatro semanas que pasamos allí cada año. Con estos españoles no sabes qué te vas a encontrar... El del butano dice que viene a las diez, pero se presenta a la una. ¡Hay un señor que pasa algunas veces por la calle y te afila los cuchillos! El pescado cambia de precio cada día. Maravilloso. Cada día es diferente.

—¿Y no echa de menos ese mes a las dos H?

—Claro que sí. Si no los echara de menos, ¿qué valor tendrían para mí?

—Entonces veo clara la diferencia. Es fundamental tener algo para echarlo de menos.

—Estas aguas parecen tranquilas. Hay poca agua, y parece que no se mueve demasiado. Hace un par de años vine con las dos H y nuestras mujeres a pasar la tarde del martes. Pedimos unas copas en el bar, Halldor nos animó. La primera nos animó mucho, y luego pedimos un par más. Aquello se descontroló un poco, y empezamos a hacernos... ¿Cómo se llama? Eso que hacen los niños pequeños, jugando en el agua...

—¿Aguadillas?

—Sí, aguadillas. Gracias. Empezamos a hacernos aguadillas, a jugar como si tuviéramos doce años. El alcohol hace esas cosas. Pues bien, cuando me quise dar cuenta, no llevaba el bañador. No sé en qué momento lo perdí, no tengo ni idea, pero el caso es que estaba completamente desnudo. Se lo dije a todos, que se rieron a carcajadas. Había perdido el bañador, y a todos les hacía mucha gracia, excepto a mí, claro. Después de calmarse, me trajeron mi toalla al agua, y así, aunque mojado, pude salir sin... Bueno, sin dar un espectáculo. Después de ducharnos y recuperarnos en el vestuario, acudí a recepción y pregunté por el *Lost & Found*. En España creo que se llama "objetos perdidos" o algo así. El sitio donde encuentras las cosas que has perdido. Nadie sabe cómo han llegado allí, y a nadie le importa, pero allí está todo lo que has perdido. Me señalaron dónde estaba la cesta del *Lost & Found*, y allí encontré mi bañador. Lo recuperé, lo sequé un poco y volvió a mi mochila, antes de merendar en la cafetería de la laguna, como cada martes.

—Así que debo buscar en objetos perdidos.

—Allí no están tus amigos. Pero siempre hay un lugar donde están. Lo único que hay que saber es dónde encontrar las cosas que hemos perdido. Algunas son más fáciles de recuperar de lo que pensamos. Nadie es capaz de hacer invisibles los objetos, menos las personas. Siempre hay un *Lost & Found* donde poder buscar.

Ólafur se despidió al poco, deseando suerte a Jon en su viaje. Le recomendó que no dejara de visitar el gran glaciar, mientras iba de camino a encontrarse con las dos H y sus respectivas mujeres, que saludaron a Jon con cortesía.

Jon dejó pasar el tiempo un par de nubes más y, cuando el sol volvió a calentar, decidió que era el momento de recuperar su antigua piel. Se dirigió de cuclillas, en pasos breves sobre sus punteras, hacia la salida de la laguna azul, esquivando grupos de amigos que charlaban, de parejas que se abrazaban sonriendo.

Tras la ducha en los vestuarios, preguntó a uno de las recepcionistas dónde estaba el *Lost & Found*. Amablemente, le dijo que nunca había habido un *Lost & Found* en la laguna. Que nadie perdía nada allí pero que, si le decía qué era lo que había perdido, haría lo imposible por encontrarlo.

Jon sonrió, le dio las gracias y se fue del recinto de la Blue Lagoon. Se preguntó, en el camino de vuelta, dónde comenzaría la barrera para considerar a alguien un amigo.

3

What the hell are you waiting for?

"Encore"
Jay-Z

Jon no durmió bien aquella noche; se despertó en varias ocasiones, aun con el sol escurriéndose entre las cortinas. Intentó volver a conciliar el sueño con el viejo truco de tratar de mantenerse despierto para engañar a la mente, pero solo le funcionó por cortos periodos de tiempo. Fue al baño y bebió agua. Leyó algunas páginas del libro que había traído, unos cuentos de Salinger, bajo la luz de la lámpara de la mesilla. Se desesperó, sin entender por qué su cuerpo no quería descansar.

Descartó que la cena de la noche anterior fuera el motivo. Tras la visita a la Blue Lagoon, había dado un paseo por el centro de la ciudad y tomado una cena ligera, sopa del día, pan y mantequilla, en una taberna irlandesa de la calle principal de la ciudad. No conseguía descubrir qué es lo que provocaba aquellos episodios de insomnio que, como si fueran dolor de muelas, de vez en cuando le asaltaban, y sin aviso, tal y como llegaban, se marchaban. No le preocupaban, pero le hubiera gustado saber aprovecharlos para leer, dibujar o hacer alguna otra actividad productiva. Pero su cabeza era una especie de El Álamo. En su mente tenía tatuado el mantra de que por la noche se duerme, y nada podía alterarlo. La culpabilidad le atenazaba si por la noche no descansaba, si no era capaz de recuperar fuerzas para el día siguiente. Así que aquellas horas de insomnio las pasaba debatiéndose entre aprovecharlas o usar todas sus fuerzas para volver a dormir.

Mientras cerraba los párpados con fuerza, se dio cuenta de que llevaba un par de días fuera de su círculo habitual, y que aún estaba vivo. No es que no creyera que fuera a sobrevivir, pero... estaba contento de haber dado aquel paso, casi orgulloso. Por una vez en su vida, había dejado de quejarse y había dado un paso al frente. Aún no sabía si era la dirección correcta, pero también tenía claro que le sería más fácil variar de rumbo una vez que ya hubiera comenzado a moverse. La melaza era apenas un recuerdo, parecía que el frío del lugar la hubiera congelado.

Finalmente consiguió dormir un par de horas más y, a las siete, decidió terminar con aquello y se puso en pie. Tras una ducha fría, le informó un cartel a la entrada de los aseos que el calentador estaba estropeado; desayunó en el *hall* abierto al pasillo. Cereales con leche, una tostada de pan con queso y jamón. Dudó si incluir el pepinillo en el festín, como el resto de huéspedes hacía, pero lo descartó recordando el sabor que tenía de las banderillas que le obligaban a tomar cuando pequeño en las fiestas de Navidad de la tía Rosa.

Hizo el *check-out* del hostal con un recepcionista que nunca había visto hasta entonces. Le pidió un mapa del país con direcciones de hostales, y el recepcionista, que tenía un bigote rubio que giraba noventa grados y le llegaba a la barbilla en dos líneas perpendiculares al horizonte, se lo dio cortés pero fríamente. De nuevo en el coche, hizo el cálculo mental de los euros que había pagado en forma de coronas, pero lo dejó a medias, consciente de que daba igual, pues no había marcha atrás.

Comenzó a conducir sin el destino claro. La ciudad estaba despertándose, con él, y apenas había tráfico. Pronto llegó a los suburbios y encontró la bifurcación de la carretera 1, la que circundaba la isla, en dirección Norte y dirección Sur. Imposible procrastinar la decisión. Recordó con cariño la conversación con Ólafur el día anterior, y decidió que le gustaría volver a encontrar alguien con quien hablar, apostando que la gente más comunicativa del país se debía encontrar en el Sur, como en todas partes. Decidió tomar dirección Sur, con la esperanza de encontrar alguien dispuesto a contarle y a escucharle.

Había aprovechado la tarde anterior para comprar un par de discos de Sigur Ros y de Björk, e introdujo uno de ellos en el reproductor del coche. Así creía entrar en ambiente con el país, sentirse parte del lugar. Para Jon la música era algo no negociable en su vida. Le gustaba disfrutarla, pero también le hacía removerse por dentro. Su mayor frustración era no haber sido capaz de tocar de una manera decente la guitarra, después de cinco años de clases particulares. Entendió que no tenía talento para la música, aunque sí un buen oído para descubrir canciones o artistas emocionantes. Sin embargo, Jon no era de las personas a las que los demás escuchaban recomendar discos y lanzarse en su búsqueda a la primera tienda de discos. No ofrecía esa clase de confianza, la gente no apreciaba su gusto personal. Simplemente, dejó que las palabras murieran antes de nacer, y aprendió a guardarse sus recomendaciones para sí, dejando que los supuestos expertos le enseñaran las últimas novedades, los grupos revelación que ya eran agua pasada para él, aunque nunca dejó de fingir sorprenderse, de aceptar todo tipo de recomendaciones.

El paisaje viajaba rápidamente por su ventanilla, y decidió reducir la velocidad del coche. Nunca sería capaz de recordar el camino ya hecho, aquellas montañas parecían repetirse una vez tras otra. El suelo gris, las montañas grises, el cielo gris. Agradecía haber elegido el coche de color rojo, para al menos tener presente que los colores existían en Islandia, que la vida no era allí en blanco y negro. Tenía la sensación de vivir en los años cincuenta.

Jon se preguntó cómo Sherlock Holmes podría arreglárselas en este país, en el que el hombre no ha dejado ninguna huella, en el que todo parecía virgen, en el que las huellas no quedan impresas en la lava solidificada que todo lo llenaba. No conseguía adivinar qué método seguiría para conseguir sus pistas. No es que dudara de él, pero sabía que no lo tendría tan sencillo como en la campiña inglesa. En Islandia todo era como el curioso incidente del perro a medianoche. Jon pensó que en Madrid no existía la palabra definitivo, pero en Islandia todo parecía atemporal.

La carretera apenas tenía curvas en aquel tramo. Probó, ya que apenas se había cruzado con un coche desde la salida de la ciudad, a conducir durante unos segundos con los ojos cerrados. Un par de segundos la primera vez y comprobar, al abrirlos, cuánto se había desviado del carril. Uno, dos. Apenas nada, un pequeño juego. El riesgo era mínimo. Decidió redoblar la apuesta, incrementar la emoción, y pensó en contar hasta cinco la segunda vez. Uno, dos, tres, cuatro... y cinco. Abrió los ojos, el coche estaba circulando por la mitad de la calzada, con dos ruedas en cada uno de los carriles. ¿Sería capaz de subir la cuenta a ocho segundos? Era arriesgado, pensó mientras conducía de nuevo el coche hacia su carril. Pero... ¿qué podría perder? La emoción de volver a abrir los ojos era peligrosa, pero adictiva. Decidió dejar la cuenta en siete y medio. Allá iba. Uno, dos, tres, cuatro...

Jon recordó la sensación de no ver, de aquella semana lejana en su memoria, aunque seguro que no tanto en el tiempo. Establecieron el plan el lunes, y marcaron cada día de la semana como un reto por conseguir. El martes fue el olfato. Se tapó las fosas nasales con cera, y no pudo oler nada durante todo el día. Decidió empezar por la anulación de un sentido que no fuera demasiado aparatosa, para poder compartir la experiencia con sus compañeros de la oficina sin asustarles. En realidad apenas echó de menos el olfato, excepto en la comida. Fue más molesta la sensación de no poder respirar libremente, en ocasiones se ahogaba por respirar por la boca. Decidieron, al final del día, que aquella experiencia había sido un pequeño fracaso.

Aquella noche de martes, Jon se acostó con unos tapones para saber desde el mismo amanecer del día siguiente lo que suponía no oír. Tuvo la precaución de acostarse con el móvil en modo vibrador, pero el miércoles le despertó la luz que entraba por la ventana; había dejado la persiana de la habitación subida por si el invento no funcionaba. No le gustó no escucharse bostezar, a pesar de que sintió cómo sus oídos se destaponaban. En el trabajo se defendió bien gracias al mail y, en aquellos encuentros que no pudo dejar de evitar, trató de leer los labios de las personas con las que hablaba. En una reunión multitudinaria, en torno a una gran mesa de juntas, no consiguió enterarse de apenas nada. Aprendió a fijarse en los pequeños gestos de cada una de las personas que encontraba y trató de desentrañar lo que intentaban transmitir. Le llamó la atención cómo algunas personas se tapaban la boca con las manos, algunas casi constantemente. Sin duda, lo peor fue no escucharse. Sentir cómo movía los labios, pero no estar seguro de que de su boca saliera algo. Se deshizo de las orejeras con gusto al anochecer.

El tercer día fue el turno del gusto. El jueves se despertó y se envolvió la lengua en plástico. Le costó sufrir varias arcadas y vomitar un par de veces, pero al final entendió el sentido de relajar la lengua para no sentir la presión del plástico que la atrapaba. Fue un día relajado, casi normal. Incluso le divirtió eructar tras la comida para olfatear la pasta boloñesa que había pedido.

Olfato, oído, gusto… El viernes estaba reservado para el tacto. Había conseguido unas jeringuillas para infiltrarse, y se pinchó en manos y pies. Decidió que la cara habría sido un buen lugar también para probarlo, pero lo descartó por peligroso. La infiltración le permitía no sentir nada en los músculos donde se había pinchado, sin dolor, sin calor, sin frío. Además, se agenció unos guantes de látex que no dejó de usar en ningún momento. Echó en falta el tacto de su pelo cuando se llevaba las manos a la cabeza para pensar. No supo encontrar la fuerza exacta para pulsar las teclas del teclado, le costó hacer pequeños gestos en los que no había caído en la cuenta. Al final del día, la anestesia había ya perdido su fuerza, y descubrió que había estado todo el día pisando uno de los cordones de su zapato izquierdo, que se había alojado entre el zapato y el calcetín. Solo por la noche comenzó a sentir aquel dolor.

La noche del viernes al sábado durmió con el antifaz que no iba a quitarse en todo el día siguiente. Desde el mismo momento de decidir el plan, Helena y él, entonces aún estaban juntos, habían decidido que la vista sería el sentido del que carecerían el sábado. Ambos veían imposible acudir a trabajar sin la vista, signo inequívoco de que era el sentido más difícil de abandonar, y decidieron que el sábado sería un buen día para dejar de ver. Sorprendentemente Jon disfrutó de la ducha. Le costó un mundo encontrar el camino al cuarto de baño, pero el tiempo que pasó bajo el agua lo disfrutó inmensamente, sintiendo cada uno de los chorros, cada una de las gotas. Ahora, con los ojos cerrados conduciendo por la carretera 1 de Islandia, recordaba cada gota en su cuero cabelludo. Tuvo la precaución, el día anterior, de tratar de memorizar los muebles y las distancias del piso, pero todo se confundió por la mañana en su mente. ¿Eran tres pasos hasta el mueble de la televisión, o eran cuatro? Recordó que tenía alfombra en el salón al tropezar con ella y casi caer. Pasó el día escuchando la radio y buscando el mando de la televisión. Ni siquiera se atrevió a salir de casa. No hubiera podido aunque hubiera querido, no recordaba dónde había dejado las llaves. Comió embutido y lonchas de queso, cocinar parecía quimérico. Hasta la tarde no encontró el móvil, durmió por puro aburrimiento, deseó a cada momento quitarse el antifaz para no tener que enfrentarse sin descanso a sus propios pensamientos, a sus propias limitaciones. Pero aguantó. Y supo que lo recordaría como la prueba más dura.

… Seis, siete, y siete y medio. Abrió de nuevo los ojos. El coche estaba en el carril correcto, centrado, como si nunca hubiera cerrado los ojos. Le estaba cogiendo el truco a aquello. Debatía internamente de cuánto sería la nueva cuenta cuando, en el horizonte, creyó ver un coche que se acercaba en dirección contraria. Redujo la velocidad. Pospuso, racionalmente, la conducción a ciegas hasta que hubiera sobrepasado el coche que venía de frente.

Misteriosamente, el coche que venía en dirección contraria redujo la velocidad notoriamente y, por puro mimetismo, Jon redujo aún más la suya a la par. Finalmente el coche se detuvo, en mitad de la calzada, a apenas cincuenta metros de donde se encontraba el coche de alquiler de Jon. Creyó distinguir dos ocupantes, que se dirigían el uno al otro en lo que parecía una disputa a gritos. El hombre, que conducía, se asía al volante con su mano izquierda, girando el cuerpo para dirigirse a ella, en el asiento del copiloto. Ella, con las gafas de sol ocupándole la mayor parte del rostro, se cruzaba de brazos y miraba al frente, con ligeros gestos de negación. Él abría la mano del volante, echando la cabeza ligeramente hacia atrás. Ella cruzaba los brazos aún más fuerte, sin pronunciar una palabra. Ambos estaban parados en mitad de su carril, sin siquiera disimular y huir al arcén, sin los intermitentes avisando del peligro. Jon se acercaba a una velocidad absurda para una carretera, incluso una de Islandia. Ambos seguían con aquella disputa, y Jon, por inercia, se detuvo a su altura. No sabía por qué lo hizo, pero no era capaz de seguir su camino con aquella escena.

Ella se dio cuenta de que otro coche se había detenido a su altura. Dos segundos. Dos segundos posó su mirada sobre el coche de Jon. Abruptamente le dijo algo a su compañero, abrió la portezuela, y se bajó, dejando al piloto con cara de sorpresa, con la mirada fija en el hueco de su presencia. Ella cerró la puerta con un sonoro golpe, rodeó el coche de Jon, abrió la puerta del copiloto y se sentó junto a él.

—¿Nos vamos? —preguntó.

Jon la observó. Ella miraba hacia el frente y ya se había ajustado el cinturón de seguridad. Cruzó los brazos, impaciente, deseando dejar atrás aquel lugar. Jon echó un vistazo al otro coche, en dirección contraria, pero su piloto seguía con la cabeza girada hacia el asiento del copiloto. Metió primera y arrancó.

—Nos vamos —dijo, lentamente.

Mientras el motor se aceleraba, Jon se alegró de que el coche estuviera impoluto, recién recogido de la agencia de alquiler. No hubiera podido soportar la idea de subir a un pasajero a su coche que no estuviera limpio. Hubiera querido explicarle qué ruleta debería girar para poder reclinarse y sentarse más cómoda, pero no esperaba visitas, no había perdido tiempo en investigar el funcionamiento. De repente se le ocurrió algo:

—¿Cómo sabías que era español?

—¿Quién si no se pararía en mitad de la única autopista del país y se pondría a mirar sin ningún rubor a otro coche parado en el otro carril?

—Me llamo Jon.

—Nerea. Y al que acabamos de dejar atrás, José.

Nerea, la piel tostada, uniforme, el pelo moreno, lacio, suelto, pelín rebelde. Flequillo que hubiera sido juguetón si la situación fuera otra. Suspiró, con los brazos cruzados, lo que hizo que se le hinchara el pecho, algo que Jon no pudo dejar de apreciar.

—¿Y tú qué haces en Islandia?

—Viajo.

—Nadie viaja porque sí. Todo el mundo tiene un motivo.

—Supongo que sí. Yo conducía con los ojos cerrados cuando os vi.

—Tampoco te pierdes demasiado. El paisaje no es muy colorido, que digamos.

—Sí.

—¿Sabes que esta es la zona más turística de Islandia? Solo llueve trescientos días al año.

—Maravilloso.

—Las playas negras de Vik son espectaculares. Pero nunca son como las postales, a veces no hay más que niebla.

Silencio. Jon tomó una curva más cerrada de lo habitual. Redujo la velocidad, vio cómo Nerea se agarraba al reposabrazos de su puerta, mientras se revolvía incómoda. Jon musitó un "perdona". De nuevo silencio.

—Este país no deja de sorprender.

—¿Por qué lo hacías? —preguntó Nerea tras una pausa.

—¿El qué?

—Conducir a ciegas.

—¿Por qué no?

—Porque puedes matarte, por eso no.

—Solo eran unos breves segundos. No era tan espectacular como parece.

—Lo que parece es bastante estúpido.

Jon supo que no podía contestar nada a aquello, pues Nerea tenía razón. Había sido el rey de la carretera por unos momentos, pero ahora, inevitable como la gravedad, la verdad caía sobre él. Solo era un estúpido. Sonrió.

—¿Qué hacemos con José? —preguntó Jon.

—No lo sé.

—A mí me ha funcionado lo de contarte qué he hecho para darme cuenta de que soy un estúpido. A lo mejor si me explicas...

—El estúpido se ha quedado en el otro coche. A lo mejor quieres volver a hablar con él.

—Perdona.

Cruzaron dos pequeños pueblos antes de que uno de los dos volviera a abrir la boca. Eran pequeñas pedanías, apenas unas casas desperdigadas entre las laderas de los montes. El ambiente pesaba dentro del coche, la música de Sigur Ros flotaba en el coche, ocultando el silencio entre los dos nuevos desconocidos.

Jon miró a su desconocida compañera. Seguía con los brazos cruzados sobre el pecho, las gafas de sol puestas, la mirada al frente y el silencio en los labios. Jon redujo la velocidad paulatinamente. Encontró un pequeño camino rural e hizo girar el volante, con el intermitente interrumpiendo la voz de Jonsi, y detuvo el coche. Se habían detenido en lo alto de una colina y podían ver por la ventanilla la costa sur de Islandia, playas infinitas de lava negra contrastando con la espuma que las olas formaban rompiendo contra las rocas. La visión duró apenas unos pocos segundos. La niebla volvió a inundar el paisaje, y destruyó la magia.

—Un amigo mío dice que esto es música para suicidarse.

—Pues si le añades el paisaje y el clima de este lugar, ya tendrá tres razones para hacerlo.

Jon decidió que no había sido una buena frase de apertura. Quizás hubiese sido la peor frase de apertura de toda la historia. Así que dejó pasar el tiempo suficiente para que el silencio hiciera su trabajo.

—Ibas a contarme...

—No iba a contarte nada. ¿Por qué has parado?

—Básicamente porque sé que vas a volver al coche de José. Y, como soy buena persona, desde allá donde te des cuenta, voy a tener que llevarte de vuelta, y la verdad es que prefiero no tener que desandar mucho camino.

—¿Qué te hace pensar que voy a volver a su lado?

—¿Dónde está tu maleta?

—Se admite la protesta —admitió Nerea—. Está claro que voy a volver, lo que no sé es adónde vamos a ir juntos.

—Perdona la pregunta, pero... ¿estás enamorada de él?

—Sí —aseguró.

—Entonces... ¿qué importa el destino? Lo más bonito es el camino.

—Supongo que, cuando has dicho "bonito", has querido decir "duro".

—¿Sabes? Una vez escribí un libro. Todas las tardes, después del trabajo, me sentaba en la mesa a escribir. Daba igual lo que pasara fuera de aquella mesa, no me importaba. Tenía la ilusión de ver publicado mi libro, de escribir la última gran novela del siglo. Durante diecisiete meses, todos los días, todos los días, de siete a nueve de la noche, me podías encontrar en mi habitación, en mi mesa, escribiendo. Recuerdo la sensación en el trabajo de tener una idea y de querer plasmarla inmediatamente en el papel, de no evitar a las musas. Deseaba que el día acabara para ponerme de nuevo frente al papel. Hubo momentos en los que pensé que no podría con ello, que iba a acabar conmigo. Otras veces pensé que estaba escribiendo algo que cambiaría el mundo. Los días alternaban entre el desfallecimiento y la ilusión. Cuando llegaban las nueve, y sabía que había escrito algo de lo que estaba orgulloso, estaba tan radiante, tan contento, que a veces daba una voltereta de ilusión. Había días que no era capaz de dormir, de aquella felicidad.

—¿Y qué pasó?

—Terminé el libro. Lo envié a varias editoriales, pero fue rechazado en todas. Docenas de cartas rechazando la historia, por larga, por corta, por no encajar en la programación de aquella temporada, por no ser suficientemente buena, por no tener nada que ver con la filosofía de la editorial.

—No tiene un final feliz esta historia.

—No me importó, te lo aseguro. Coleccioné hojas de rechazo, aún las tengo guardadas, no me importó. Había disfrutado tanto cada uno de esos días, me había sentido tan parte de algo, llámalo como quieras, pero tan... productivo, tan dichoso... No me importó cómo acababa aquella historia, incluso envié la novela a las editoriales a regañadientes. No necesitaba que nadie más leyera aquello. Había disfrutado tanto del proceso que entendí que ahí, exactamente ahí, es donde residía la felicidad. En cada uno de los días, en cada párrafo escrito, en cada palabra mil veces modificada. Un día duro me servía para saber lo grande que eran los demás. Sin aquellos días duros, estoy seguro de que no habría dado volteretas al terminar los grandes días.

Nerea descruzó los brazos por primera vez. Miró a Jon por un instante, que estaba exactamente en la posición en la que José se había quedado kilómetros atrás. En la playa negra, allí, a lo lejos, una pareja con cazadoras de esquí rojas paseaban amarrados de la mano. La figura más grande se soltó y trató de abrazar a la figura más pequeña, que se zafó del abrazo y obligó a la figura más grande a cogerla de nuevo de la mano. Nerea intentó una sonrisa, pero apenas lo consiguió. Las nubes cada vez eran más negras, y podría comenzar a llover en cualquier momento.

—¿Volvemos? —dijo Jon.

—¿Sabes? No quiero dejar de dar volteretas.

En el viaje de vuelta, Jon apagó la música. Ambos escucharon el sonido del motor recorriendo lugares ya conocidos. Al llegar a la altura del otro coche, vieron a José, esperando de pie, agitando el viento los faldones de su camisa. Jon detuvo la marcha, y Nerea descendió del coche tras agradecer a Jon aquel paseo. Cerró la puerta suavemente, dio seis pasos hasta el lugar donde se encontraba José. Abrió los brazos, y, lentamente, abrazó su cuerpo como si fuera la primera vez que lo hubiera hecho, apreciando cada detalle de su tacto, cada suave olor, cada sutil gesto. José correspondió el abrazo con más voluntariedad que pericia, y Jon les dejó allí, girando ciento ochenta grados en mitad de la carretera, viéndoles empequeñecer por el espejo retrovisor.

Jon no quiso volver al juego, no quiso volver a cerrar los ojos. Mirando fijamente la carretera, tomando las curvas suavemente, se dijo a sí mismo que quizá debería intentar escribir un libro, hacerlo de verdad. Esta historia había funcionado, al menos para Nerea. Quizá debería inventar una historia para sí mismo. Quizá funcionara, como para ella.

Detuvo el coche en Vik, la ciudad más grande del sur de Islandia. Ciudad era, de nuevo, un término demasiado benévolo para aquel pueblo con unas pocas casas dispersas. Encontró en lo que parecía el muelle de la ciudad, así como el centro de esta y en los suburbios, un pequeño local de madera, en el que halló una mesa libre donde sentarse y pedir un chocolate caliente. Mientras esperaba, le echó un ojo a las fotografías de cascadas que colgaban de las paredes, eran las mismas que había encontrado en el camino. Había en aquella zona decenas de cascadas, todas ellas con aguas del deshielo propio de aquella época. Las observaba con detalle, y todas transmitían una sensación de tristeza, de abandono; aquellas fotos no lucían, no iluminaban. Debía de ser por aquella luz. Aquella luz luchaba entre las nubes por iluminar el país, por alumbrar la poca vida del lugar, pero no lo conseguía. Hubo algo más que llamó la atención de Jon. Revisó de nuevo una foto tras otra, y se dio cuenta de que lo más triste de aquellas imágenes es que no aparecía nadie en ellas. Solo eran piedras, agua, nubes. Ni una persona en aquellas fotos.

Le trajeron el chocolate con bizcocho que había pedido. Removió el chocolate, denso, como le gustaba, dentro de la taza. Una y otra vez, una y otra vez.

Sacó el mapa de Islandia que le habían regalado en el hostal por la mañana. El destino debía de ser aquella inmensa mancha blanca en el sur del país, el glaciar más grande de Europa. Cogió un folleto de información turística que había en un estante, cerca de la entrada, y consultó las posibles excursiones que se ofrecían. Se decidió por una de ellas, y llamó desde la cabina del otro lado del bar, para reservar un paseo por el glaciar y una posterior travesía en barca por el lago de los icebergs. Colgó.

Al volver a su mesa, encontró a alguien sentado a ella, frente a su chocolate, aún humeante, y los restos de su bizcocho. Jon le reconoció enseguida, y se quedó parado en mitad del bar, buscando a su pareja por el local. Pero no encontró a Nerea en ninguna parte. Con paso tembloroso, se dirigió de nuevo a su silla para sentarse justo frente a José.

—No es tan difícil encontrarse en este país. Apenas hay locales. Todos vamos a los mismos sitios.

—Soy Jon.

—Lo sé.

José había pedido una gran taza de café y un tenedor, con el que robó un pedazo del bizcocho que aún quedaba a Jon. "Espero que no te importe", musitó antes de lanzarse a atacarlo, aunque Jon dudaba de si se refería al bizcocho o a invadir su mesa. "Por supuesto que no". Jon había perdido repentinamente el apetito, y esperaba que José terminara de saborear el bizcocho.

—Muy bueno. Sorprendentemente bueno —dijo—. ¿Sabes para qué estoy aquí?

—Porque hablé con tu mujer.

—No es mi mujer. Y esa es la respuesta a "por qué", no a "para qué".

—Pensé que estabais casados. Por el anillo.

—¿Qué importancia tiene eso?

—Ninguna, supongo.

—Entonces, ¿por qué no nos centramos en las cosas que importan? No tengo todo el día.

—Me imagino, perdona —se disculpó Jon.

—Otra vez, ¿sabes para qué estoy aquí?

—Ni idea.

—Para contentar a Nerea. Ella está en el coche esperando. Llevamos un buen rato buscándote por las carreteras. Me ha contado que la ayudaste, pero que tú parecías perdido. Me contó eso de que conduces con los ojos cerrados. ¿Qué eres, un suicida? ¿Un tonto?

—No es así...

—... ¿A quién se le ocurre? De cualquier manera, no estoy aquí para eso. Estoy aquí solo para contentarla a ella, me pidió que hablara contigo. Está preocupada por ti. Y a mí me importas una mierda, pero ella no. Ella me importa tanto que he venido a esta mierda de país, con esta mierda de clima. Así que voy a estar un rato aquí, charlando contigo, y luego voy a volver al coche y decirle que sí, que ya he hablado contigo y que está todo en orden. Para no volver a verte más en nuestra puta vida. Sin ofender, ¿eh? Pero es que llevo un día como para estar además con esta mierda. ¿Entendido?

—Perfectamente.

—Muy bien.

—Y... ¿De qué se supone que vamos a hablar? ¿Por qué Nerea está preocupada por mí?

—¿Y yo qué coño sé? ¿Crees que soy un buen samaritano? No, amigo, ese es tu papel. Yo soy ese al que dejan tirado en la carretera. Yo soy ese al que vuelven después de haber pasado un rato en un coche con un desconocido.

—No pasó nada —se disculpó Jon.

—Por supuesto, no eres su tipo, con esa cara de acelga.

—Algunas personas me encuentran atractivo.

—Seguro, las que no tienen criterio.

—Al menos ya tengo una base si quiero poner un anuncio en la sección de contactos: "Joven, con cara de acelga, busca mujer sin criterio para relación estable y lo que surja".

—Suena bien. Oye, mira… Te agradezco lo que has hecho por nosotros, por Nerea y por mí, sea lo que haya sido. Pero no soy de ese tipo de personas.

—¿De cuál, de las que devuelven los favores?

—Sí, supongo. Mira, yo si quiero hacer algo, lo hago, y ya está. ¿Crees que me quedé en el coche porque estaba roto de dolor? No… Estaba jodido, sí, pero sabía que era la única manera de volver a ver a Nerea. No dejé que las circunstancias eligieran por mí. Fui yo el que decidí esperar allí. Podría haberme ido. Pero yo decido, amigo. Yo decido.

Una camarera con un delantal blanco con encaje de puntillas se acercó a la mesa con un platillo y una nota. La dejó sobre la mesa, a la misma distancia de Jon que de José. José continuó:

—También he decidido venir aquí y he decidido hacerle creer a Nerea que voy a hablar contigo de tus problemas, pero también he decidido que no voy a hacerlo, porque no eres nadie para mí, y no vas a aportar nada a mi vida. Como ves, yo decido.

—Gracias por ser sincero, al menos —admitió Jon.

—Oye, me permites una pregunta. —José se acercó a Jon, casi en una confidencia— ¿A qué coño estás esperando?

—¿Cómo?

—Que a qué coño estás esperando. ¡Vamos! Paga, y así podremos marcharnos de aquí. No esperarás que yo te invite después de venir hasta aquí para hablar de tus problemas y solucionarlos, ¿no?

—Claro, claro…

Jon pagó la nota. A fin de cuentas, ¿a qué coño estaba esperando? Recogió su anorak del respaldo y se lo puso en el camino a la puerta, en la que ya se encontraba José. Antes de salir, este le cogió el codo derecho con su mano izquierda. Haciendo presa, le dijo: "Ahora salimos ahí, nos damos un abrazo y después saludas a Nerea con la mano, antes de ir a tu coche para no volver a vernos nunca más. ¿Entendido?". Jon asintió con la cabeza. Salieron a la calle, se abrazaron entre sonrisas forzadas, pero José le dio las gracias de verdad. "Gracias a ti, José", dijo Jon, seguro de lo que decía. Como habían acordado, saludó a Nerea con el brazo. Ella, siempre con sus gafas negras, agitó la mano desde el asiento del copiloto. Ni siquiera se había quitado el cinturón de seguridad.

Jon se dirigió a su coche. Encendió el motor y escuchó cómo rugía al apretar el acelerador. Volvió a apretarlo dos o tres veces más juguetonamente. ¿A qué coño estás esperando? Arrancó.

No lejos de allí, encontró una casa rural en la que dormir. Su habitación era pequeña, sin persianas, sin baño, pero con una mesa y cuatro sillas. Dejó el equipaje sobre la cama, y sacó una de las postales que había comprado el primer día. Se sentó en una de las sillas, y comenzó a escribir en inglés:

"Estoy encontrando muchas maravillas en el sur de su país. ¿Ha podido visitar todas las cascadas? ¡Es algo que apenas tenemos en España! Quería preguntarle si es cierta la leyenda que dice que un oso polar llegó por mar a Reykiavik montado en un iceberg. ¿Es verdad? Si no es cierta, por favor, no la utilicen. Islandia ya tiene bastantes cosas buenas como para mentir sobre otras".

Dibujó una cara sonriendo al margen. Cogió prestada la guía telefónica de la casa, eligió al azar una dirección y la escribió. Mañana la enviaría por correo.

4

*The moon is closer to the sun
than I am to anyone.*

"80 windows"
Nada Surf

Aparcó el coche en un recinto grande, pero escondido, en Skaftafell, a los pies de Vatnajokull, el volcán-glaciar... Mientras esperaba que abriera el local en el que había reservado la excursión por el glaciar, se compró un gorro de lana en la tienda del museo, donde no tenían café. Aprovechó para comprar un sello y enviar por correo la postal que había escrito el día anterior.

El frío de la noche aún no se había dispersado. La tenue llovizna producía una sensación de humedad constante, de molestia eterna. Jon ya había aprendido que aquello se detendría en algún momento, pero no había aprendido a encontrar la manera de luchar contra ella. Esperó al abrigo del coche a que la persiana de la cabaña de las excursiones se abriera. Apenas fueron diez minutos, en los que Jon controló cada minúscula gota que impactaba en el parabrisas, cómo diminutas partículas de agua se fundían en su cristal, formando pequeños lagos que se unían y caían formando pequeños ríos, que desaparecían para que todo volviera a empezar.

Pasados diez minutos un autobús escolar americano, amarillo, con las líneas negras recorriendo todo su lateral, aparcó frente a la cabaña, y de él bajaron cuatro o cinco jóvenes vestidos con ropa de montaña y sandalias, que, mientras reían entre ellos, subieron la persiana metálica del local y encendieron las luces. Jon añadió dos minutos de cortesía y bajó del coche.

En la cabaña confirmaron su reserva y le ofrecieron unos guantes húmedos y unos pantalones impermeables. Le asignaron unos crampones y le presentaron a Laurent, que sería su guía. Cuando todos estuvieron sentados en el autobús escolar, Laurent condujo hasta el pie del glaciar, para comenzar la excursión a este. Jon había contratado posteriormente una visita al lago de los géiseres y, en la misma excursión, estaban las seis personas que se bamboleaban con los baches de las carreteras de piedra islandesas.

Ponerse los crampones no era sencillo, pero Laurent les distraía contándoles mientras la historia de aquel glaciar. "Tendréis que fiaros de mí, porque no nos vamos a acercar tanto como para poder divisarlo, pero allá arriba está el cráter de un volcán, de hecho uno de los volcanes más activos de Europa. Sí, Islandia se considera Europa, ¿qué si no? Seguramente estéis decepcionados por el color de este glaciar que vamos a comenzar a pisar ahora mismo. No es tan bello como había imaginado, no es tan blanco como había querido creer. Es cierto, pero la razón está ahí arriba. Aquí abajo tenemos hielo perpetuo, pero... Allí arriba hay un volcán que cada diez años entra en erupción. Y cada vez que esto pasa, el cielo se oscurece y se cubre de ceniza. Toda esa ceniza se posa en algún lado, como es obvio, y también sobre el glaciar. De hecho, aquí, a los pies del glaciar, podéis ver cómo está estratificado, puesto que sobre la ceniza después volverá a nevar y helar durante diez años. Aquí tenéis las capas a las que me refiero. Hielo, ceniza, hielo, ceniza. De ahí que las fotos que hagáis no sean tan impresionantes como las historias que vayáis a contar".

Andar con crampones no es sencillo, Jon se sentía torpe, pero orgulloso a su vez de tener en la mano un piolet. Lamentó no tener a nadie a su lado a quien sonreír. Cada diez minutos de marcha, Laurent se paraba para explicar la formación de los huecos que llegaban hasta el fondo del glaciar, cómo medir su profundidad, cómo se formaba musgo en las piedras, o la utilización correcta del piolet. Tras dos horas de marcha, el grupo llegó a una especie de meseta desde la que se veía la grandiosidad del glaciar, la sinuosidad de la lengua de hielo que se derretía camino del mar que allá, a lo lejos, se divisaba tormentoso, chocando las olas contra una playa de arena volcánica. Laurent decidió que era el momento de la comida, y todos sacaron el bocadillo y el zumo que les habían entregado a primera hora.

El silencio del grupo solo se vio roto por uno de los compañeros de la excursión, que cogió una roca y se asomó a uno de aquellos grandes agujeros que el agua había ido formando en el hielo. Quiso comprobar su profundidad lanzando aquella roca. Un segundo, dos, tres, cuatro... Hizo el cálculo mental al escuchar el sonido. "cuatrocientos metros", dijo. "¡Aquel que quiera desaparecer, ya sabe lo que tiene que hacer!", anunció entre risas.

Jon quería haber desaparecido, pero… jamás se hubiera lanzado a aquel agujero. Quería evaporarse, pero tener un billete de vuelta. Le gustaría hacer como los niños pequeños, taparse los ojos con las manos y así desaparecer. No necesitaba un agujero en el hielo de un kilómetro de profundidad, en el que la luz no llegaría a saludarle, en el que el hielo congelaría cualquier pensamiento. Jon quería seguir con su vida, quería que las cosas fueran diferentes pero, hasta ese momento, había sido incapaz de conseguir que cambiaran. No creía en sus propias capacidades, todos habían conseguido maniatarle, no era capaz de modificar nada, solo podía cambiar el escenario, solo podía hacer que el telón bajara y dejar que otra escena empezara, con otro decorado, con otros personajes.

Jon saludó con risas de simpatía la ocurrencia de su compañero de excursión. No mostró sus dientes. Le hubiera gustado tirarle al pozo.

Bajar fue mucho más sencillo que el ascenso. Ya estaban todos acostumbrados a caminar sobre el hielo, y apenas hicieron paradas. En apenas media hora de marcha, estuvieron de nuevo en el autobús escolar, quitándose los crampones y los pantalones impermeables, que devolvieron a Laurent. Para Jon aquello había sido demasiado rápido... Apenas estaba apreciando aquellos colores cuando ya Laurent pidió que comenzaran el descenso. Estaba cansado, sí, pero... Aún había algo que no entendía, algo que fallaba a su alrededor. Jon no había comprendido lo que el glaciar suponía para él.

La marcha por el hielo había sido agotadora. A pesar de que el lago de los icebergs al que se dirigieron se encontraba solo a media hora de camino, Jon no pudo evitar dormirse en el trayecto. Solo fue capaz de despertarse con el frenazo del autobús al llegar al aparcamiento, donde se encontró con más gente junta que lo que había encontrado hasta el momento en Islandia. Decenas de personas se agolpaban en la pequeña cabaña comprando recuerdos y café, entrando y saliendo en búsqueda de los barcos para navegar entre los icebergs. Bajó del autobús y le entregaron su ticket para el viaje. Laurent le recomendó que se abrigara, el tiempo en el barco sería frío.

Ya a bordo, dirigiéndose hacia el grupo de icebergs del centro del lago, Jon preguntó a Laurent si cree que sería posible volver al glaciar. Laurent le sonríe, pero le dice que no, que la excursión termina allí, que él también tiene que volver a casa.

—Pero quizá podrías hacer una excepción esta vez. Siento que debo volver. Que no he terminado la visita al glaciar, que aún hay algo que tiene que decirme.

—¿Sabes? Las cosas no son iguales en Islandia que de donde venimos. La propiedad no es igual en Francia o en España que aquí. Allí te hacen creer que todo es del pueblo, que puedes acceder allá donde quieras, pero no es cierto. Todo tiene un dueño, un precio, un peaje. Huí de Francia porque no quería encontrar vallas. Y encontré Islandia, donde no hay límites. No hay nada que te impida llegar allí. El glaciar no es nuestro, no es de nadie. Más bien, es de todos. Si quieres ir allí, nadie te lo impedirá. Yo no voy a acompañarte, pero no necesitas mi permiso para ir. Esta isla, todo lo que ves, es tuyo también. Ve al glaciar. Duerme en él. Muchas veces he pasado la noche en él, simplemente para contar tantas estrellas como pueda. Si descubres la noche en Islandia, sabrás que el cielo está plagado de estrellas, de una manera incomparable a lo que conocemos en el continente. Si los días son diferentes en la isla respecto al continente, las noches son absolutamente opuestas. Habrá habido noches en las que hayas salido tarde del trabajo y, de camino a casa, hayas encontrado una estrella en el cielo, en mitad de la oscuridad. Si pasas la noche en el glaciar, descubrirás que es difícil encontrar un lugar en el cielo sin estrellas. Pasa la noche allí, quizás encuentres lo que buscas. Pero... no cuentes conmigo, Jon. Tendrás que hacerlo tú solo. Y atiende la explicación del guía, que quizá esta vez aprendas algo.

Y sonrió. Jon obedeció y comenzó a escuchar al guía de la barca, que había comenzado a hablar; explicaba la formación de aquel lago, el tiempo que los icebergs tardaban en llegar al mar, atrapados en aquella presa natural, narrando las películas que allí se habían rodado. La lancha navegaba lentamente entre el silencio de imponentes masas flotantes de hielo, eternas; el aire era frío, y Jon se caló el gorro de lana y metió las manos en los bolsillos. Alguien de proa hizo una pregunta que Jon no escuchó, pero estuvo atento a la respuesta del guía.

—Buena pregunta. Básicamente podéis ver dos colores en los icebergs. El blanco y el azul. A vuestra derecha podéis ver un ejemplar enorme de un color azul precioso. ¿A qué se deben estos colores? El glaciar del que provienen estos trozos de hielo tiene una profundidad enorme. Básicamente, el hielo del glaciar se forma por la nieve que cae y que se va compactando por el peso de más nieve que va cayendo. Ahora estamos en verano, pero imaginaos el invierno islandés y recordad la altura de este monte. La nieve se va prensando, y termina formando hielo. Entre la nieve quedan atrapadas burbujas de aire pero, cuanto mayor es el peso de la nieve que soporta por encima, menos burbujas quedan atrapadas, ¿Por qué esto es importante? Las burbujas de aire son las que hacen que la luz blanca se refleje. El hielo que cubre vuestros congeladores es blanco, contiene aire, no ha sido sometido a un proceso similar. Así, el hielo azul que veis en algunos de los trozos que nos rodean es el de los trozos de hielo más antiguos, más profundos que contiene el glaciar; nieve caída, quizás, cientos de años atrás. Los glaciares están en constante movimiento, y el azul que nos encontramos ahora ha estado escondido hasta ahora. Podemos decir que estamos descubriendo su secreto.

El paseo duró cerca de media hora. Al terminar, el grupo tomó un café en la cabaña, pero Jon se alejó y curioseó en la tienda de recuerdos. Las paredes estaban repletas de fotos en blanco y negro, en las que se veían cientos de personas sonrientes, con el lago siempre de fondo. Cientos de viajeros de aquellos años, en los que casi se les podría denominar aventureros.

Llegó al hotel a media tarde y se echó una breve siesta. Había decidido seguir el consejo de Laurent, montaría un pequeño campamento en el glaciar y pasaría allí la noche. Jon había quedado prendado de aquel lugar y sabía que no había escuchado todo lo que el glaciar tenía que decirle; aún había algo que descifrar, aún aquel paraje tenía un mensaje para él.

A los pies del glaciar, aparcó el coche y cerró la llave del contacto. El ruido del motor murió, y el silencio se adueñó del lugar. Cualquier movimiento que hiciera resonaba infinitamente, cualquier respiración era profunda. Como al escuchar un órgano en una catedral, Jon supo que debía respeto a aquel lugar, a aquel silencio. Tragó saliva, y abrió la puerta del coche. Recogió la mochila donde había recolectado todo lo que creía necesario para pasar la noche al raso, en el glaciar, y con la otra mano tomó los crampones que el dueño del hotel le había prestado. Un buen hombre, no hizo preguntas. Y se dispuso a comenzar la marcha, en mitad del silencio, tan diferente de cómo había sido el mismo día, solo unas horas atrás.

Había adaptado un casco de obra que encontró en el maletero y le había agregado una linterna, que le permitiría guiarse en la oscuridad. Por suerte, la luna menguante brillaba en lo alto del cielo, y apenas había nubes. No era lo habitual, pero Jon tenía bastante con defenderse del frío. Avanzó por el hielo, escuchando cómo, en cada pisada, los dientes de los crampones se introducían en este. Se sintió, ante la inmensidad del glaciar y el gran reto que tenía ante sí, como un explorador en tierras vírgenes, como Locke al internarse por primera vez en la escotilla de la isla.

El corazón latía a toda velocidad; Jon dudó si sería por la emoción o el esfuerzo, pero le hizo ser consciente de que aquello estaba siendo importante. Estaba siendo consciente de que estaba creando un recuerdo, de que sentiría de nuevo aquella noche en el futuro. Se detuvo en la marcha para captar todos los detalles de la ascensión. El glaciar parecía distinto en la oscuridad. Era el mismo, pero la sensación de soledad de Jon ante la Naturaleza era infinita. No quiso imaginar, pero imaginó qué ocurriría si cayera en alguno de aquellos agujeros que Laurent les había mostrado por la mañana, qué sucedería si tropezara, si resbalara y rodara por alguno de esos pozos. Evidentemente, encontraría la muerte, bien por el golpe o bien por la temperatura. De cualquier manera, no saldría vivo de un pozo en el hielo. Nadie sabía que estaba allí, nadie le esperaba en ninguna parte. Al menos, si cayera en algún pozo eterno de hielo, no llegaría tarde a ninguna cita, nadie le esperaba.

La ascensión fue más rápida que por la mañana. Entonces se detenían cada poco para que Laurent les instruyera sobre algún aspecto del glaciar, y aún todos tenían dudas andando con crampones. Ahora Jon tenía claro su objetivo, y estaba deseando montar su campamento. Cada paso le acercaba más al lugar que se había fijado como meta, aunque no sabía qué haría una vez que la alcanzara. Pero se sentía fuerte, seguro, consciente de que lo que estaba llevando a cabo era importante; era un hito en su viaje, una parada que recordaría.

Jon llegó al lugar donde había planeado que establecería el campamento para pasar la noche en una hora y media. La ascensión había sido dura, sus pulmones habían sufrido al final, inspirando cada vez aire más frío. Los pulmones helados, la garganta áspera, las rodillas temblando... Todo hacía que aquello mereciera la pena, que Jon lo convirtiera en un triunfo, que sonriera mientras cogía aire, apoyado en sus rodillas, trazando un plan para el día que volviera a casa, si es que iba a volver, para mantenerse en forma, no sufrir de aquella manera. Se alegró por un momento de estar solo, de que nadie le viera derrotado.

Recuperado el resuello, montó lo que llamaba el campamento, que consistía en extender una esterilla y dispersar la comida que había traído para pasar la noche. Contó varias veces todo lo que había traído, para estar seguro de que no había olvidado nada. Abrió la mochila y tocó la manta y los guantes de repuesto para comprobar que seguían allí. Revisó las pilas extra en el bolsillo lateral. Dudó si quitarse o no los crampones, analizando todos los pros y contras. Resolvió quedarse con ellos, por si tuviera que huir en caso de un desprendimiento de hielo. Abrió una de las barritas energéticas que había comprado días atrás. Al terminarla, guardó con cuidado el envoltorio en uno de los múltiples bolsillos de la mochila.

Una vez que comprobó todas las pertenencias, una vez que se sintió convencido de haber llegado a su destino, solo consiguió preguntarse. "¿Y ahora qué?".

¿Y ahora qué? Rodeado de hielo Jon pensó que encontraría la solución a sus misterios, sin más. Creyó que la vida tendría una respuesta para él guardada, que no tendría más que acudir al lugar mágico en el momento adecuado, y que todo adquiriría sentido. Pero... allí estaba él, en un glaciar sobre el mayor volcán de Europa, en Islandia, a miles de kilómetros de donde nació, lejos de todo lo que conocía, lejos de todo lo que sabía, pero con la misma incertidumbre que tres mil kilómetros atrás.

El silencio era el paisaje. Allí no había animales, y el viento no podía hablar a través de los árboles. Nada crecía ni vivía allí. El rumor del agua invisible era el único sonido que le confirmaba que aún era capaz de oír. Casi podía escuchar a las estrellas brillar, a través de miles y miles de kilómetros de donde estaba. El cielo le ofrecía todas sus estrellas, no se guardaba nada para sí, incapaz de ocultarse a la pureza del país. Miles de estrellas tintineaban en la noche, y Jon era incapaz de decir siquiera el nombre de una de ellas. No reconoció la posición de ninguna, excepto la Osa Mayor, y no estaba seguro por completo. Lamentó no haber escuchado a su padre en los fines de semana en los paseos por el pueblo cuando le señalaba, estirando el brazo, cada una de las constelaciones. Lamentó no escuchar, una vez más.

Lamentó no ser capaz de escribir leyendas, de escribir sobre duendes que nacen de la tierra, de lobos que hablan con las viejas, de lugares remotos como este; lamentó no tener la imaginación como para iluminar en su mente un lugar de cuento similar, una realidad como la que vivía. Pero... allí estaba, maravillado por el cielo, asustado por el ruido del hielo al crujir, temeroso de su propia fragilidad ante la inmensidad. Se sintió pequeño, tan pequeño, que esperaba que alguien se fijara en lo pequeño que era, y le extendiera la mano para ayudarle, que le sonriera, que le dijera que todo iba a ir bien.

Se vio desde fuera, desde la inmensidad. Se imaginó la cámara alejándose lentamente desde su cabeza, lentamente, mostrando su mochila, su pequeño campamento, abriendo el campo visual, abarcando el glaciar, la región, el país... Todo con "Bibo no Aozora" de fondo, el piano de Sakamoto con la base de los instrumentos de cuerda realzando la inmensidad, la soledad de Jon, la perfecta unión con su espacio, con su propio momento. Jon ya no formaba parte del paisaje... Jon era el paisaje.

Se quedó en silencio, esperando su respuesta quedamente. Cerró los ojos, intentando concentrarse en escuchar. A su mente vinieron signos de interrogación que volaban hacia él, creciendo, girando, lentamente. Signos de interrogación, ni una sola palabra. ¿Cuál era el mensaje? ¿Cuál era la respuesta? Se mantuvo así durante un buen rato, hasta que su labio inferior empezó a temblar del frío. Jon, harto de esperar, se levantó, dispuesto a gritarle al hielo su pregunta, desesperado, quería que sus palabras resonaran en el cielo estrellado, que llegara a oídos de quien debía responder. Y gritó. Gritó. Y lo único que el glaciar escuchó fue un grito ahogado, una voz ininteligible, una voz primaria, un derroche inútil, la desesperación en una palabra. Y entonces se dio cuenta. Entendió que no sabía la pregunta. Que podría buscar, pero que no encontraría hasta que no supiera cuál era la pregunta que le había traído hasta Islandia.

....

El frío se hizo más intenso a medida que la noche avanzaba. Jon se ajustó el anorak y el gorro, no quería morir allí congelado. Por suerte, no era aquella una noche de agua ni viento, y Jon solo tuvo que luchar contra la temperatura. De los tres enemigos, prefería no tener que enfrentarse al viento, imposible resguardarse de él. El agua era molesta, pero combatible si se iba bien pertrechado. Y el frío era una cuestión de cantidad. A más frío, más capas de ropa. Los ricos no mueren de frío, pueden darle a la cebolla tantas capas como deseen. Los ricos siempre ganan.

Jon había escuchado el eco de su grito, de su rabia, de su ignorancia. El sonido había rebotado en todas las montañas y le había devuelto su incapacidad multiplicada hasta el infinito. Aquel lugar estaba hecho para sentirse aún más pequeño, y Jon sintió reducir su tamaño con cada oleada del eco de su rabia. Esperó a que aquella escena expirara, que el telón cubriera su vergüenza, su verdadero tamaño. Finalmente pudo abrir los ojos, de nuevo el glaciar en silencio. No consiguió volver a respirar hasta que volvió a escuchar la corriente de agua bajo los hielos perpetuos, los ríos escondidos de insospechada vida. Exhaló la rabia que tenía dentro, profundamente. Y volvió a saber que estaba solo, frente al gran glaciar.

Cuando consiguió calmarse, supo reconocer aquello que acababa de aprender. Ahora ya sabía por dónde empezar. Jon se ajustó el gorro y el anorak. No quería morir allí congelado, ahora no.

Comió otra barrita energética. Aquello no sabía a nada, pero la publicidad decía que era lo mejor para aportar calorías al cuerpo. Y Jon aún confiaba en la opinión de cualquier otro. Disfrutó de unos pocos mordiscos, con la mirada fija en la pared de hielo que se levantaba cincuenta metros más arriba, intentando capturar con la mirada algún desprendimiento.

La luna iluminaba la noche, pero Jon encendió la linterna que había adaptado al casco de obra para poder leer. Previsor, consciente de que la noche quizá podría traerle tiempos muertos e incluso algún otro episodio de insomnio, había incluido en el equipaje el libro que estaba leyendo, una recopilación de once cuentos de Salinger, la familia Glass al completo. Jon había leído *El guardián entre el centeno* y, aunque no había entendido qué es lo que allí pasaba, sabía que era algo bueno. Aquel libro había conseguido remover algo en Jon, así como los cuentos lo estaban haciendo. Jon no era capaz de definirlo, ni siquiera había podido reflexionarlo, pero aquella lectura conseguía turbarle.

La última lectura del libro, "Seymour: Una introducción", estaba siendo la más alambicada de todas. En ella uno de los hermanos de Seymour hablaba de sus poesías, de las de Seymour, alabando su personalidad y recuperando su memoria tras su desgraciado suicidio. Jon retomó la lectura, que le estaba costando más de lo normal. Salinger había adoptado la personalidad de Buddy, el hermano de Seymour, y parece que este no destacaba por la continuidad en sus argumentos. Buddy recuerda, en un pasaje del cuento, cómo Seymour escribía notas con críticas, en la mayoría de los casos elogiosas y bien argumentadas, de sus propios escritos. Buddy transcribe las notas que recibía de su hermano sin modificar una palabra, para que los lectores pudieran conocer perfectamente cómo se las gastaba Seymour. Y fue en una de ellas, la más larga y sentida de todas, en la que Jon, a través de las palabras de Seymour a su hermano, encontró lo que buscaba:

"¿Sabes de qué me sonreía? Habías escrito que eras escritor de *profesión*. Me pareció el eufemismo más gracioso que jamás haya oído. ¿Desde cuándo el escribir es tu profesión? Nunca fue otra cosa que *tu* religión. Nunca. Estoy un poco sobreexcitado. Puesto que es tu religión, ¿sabes qué te preguntarán cuando te mueras? Pero permíteme decirte primero lo que no te van a preguntar. No te van a preguntar si estabas trabajando en algo maravilloso y conmovedor. No te van a preguntar si era corto o largo, triste o divertido, publicado o inédito. No te van a preguntar si estabas en buena forma o no cuando lo escribías. Ni siquiera te preguntarán si hubiera sido eso lo que escribirías de haber sabido que tenías las horas contadas; creo que eso solo se lo preguntarán al pobre Sören K. Estoy seguro de que te harán dos preguntas. *¿Había aparecido la mayoría de tus estrellas? ¿Estabas ocupado en escribir todo lo que tenías en el corazón?* ¡Si supieras lo fácil que sería para ti decir que 'sí' a las dos preguntas!".

Aquellas dos preguntas habían conseguido que algo hiciera clic dentro de la cabeza de Jon. Salinger, Seymour, quien fuera, las había escrito para él en aquel momento, en aquel lugar, en un monte perdido, en un pedazo de hielo sobre lava. ¿Había aparecido la mayoría de sus estrellas? ¿Estaba de verdad ocupado en sacar todo lo que tenía en su corazón?

Jon había encontrado sus preguntas. Dos simples preguntas que hicieron que tambaleara su mundo, que hicieron despreciar todo lo que había sido hasta el momento, que sacaron a flote los restos del naufragio que hasta ahora estaba siendo su vida, que le hicieron ver todas y cada una de las posibilidades perdidas, que acudían a su mente a tal velocidad que no le dejaban respirar. *Todas sus estrellas.* Jon sintió miedo, por primera vez, de no saber si podría detenerse a sí mismo. Aquella sensación le hería como un puñal que empuñara él mismo, como una herida necesaria, pero insoportable. *Todo lo que tenía en el corazón.* Jon no había sido lo que había deseado, no había sido lo que era. Y ahora no soportaba la idea de no haberse dado cuenta, de haberse conformado con algunas estrellas en su cielo, y solo a medio gas. Jon entendió que su vida no era nada para nadie. Pero sobre todo no era nada para él mismo. ¿Cómo podría iluminar todas aquellas estrellas? ¿Qué debía hacer para poder responder "sí" a aquellas dos preguntas? ¿Qué?

El grito de Jon esta vez sí tuvo una forma de lenguaje conocido, esta vez pudo comprender el eco de su voz que retumbó en sus oídos.

....

El descenso del glaciar lo realizó Jon lentamente. Estaba cansado y no quería cometer ningún error y caer a algún pozo, ahora no. Jon sabía que aquel pedazo de hielo le había dado mucho más de lo que le había pedido así que, antes de dar el primer paso sobre la morrena, con los crampones aún fijos sobre el hielo, se giró sobre sí mismo para mirar de frente, por última vez, el glaciar de Vatnajokull. El Sol empezaba a aparecer en el horizonte, como cada mañana, aunque esta sería diferente a cualquier otra para Jon. Pudo disfrutar de los colores del hielo a solas, sintiéndose extrañamente enlazado al sucio glaciar. Jon, sin siquiera darse cuenta, hizo una profunda reverencia.

Se quitó los crampones y comenzó a andar sobre la tierra. El coche, aparcado donde lo había dejado, estaba frío; tuvo que girar las llaves dos veces antes de que el motor arrancara. A la tercera, el motor, por fin, vibró.

Jon sintió que abandonaba la zona de hielo azul. El *blue ice*, el hielo triste. Dejaba atrás la parte más escondida, más profunda, y por fin comenzaba a aparecer el hielo blanco, por fin comenzaba a recibir aire. Una noche en el glaciar para conseguirlo, unas pequeñas frases en el momento exacto.

Mientras conducía de vuelta al hotel, recordó las tardes perdidas en Madrid, sobre todo las de los domingos. Le gustaba andar por el puente sobre la autopista. Podía ver los coches llegando a la ciudad o partiendo de ella. Constantemente gente entrando y saliendo, yendo o viniendo, personas con un destino, que sabían adónde querían llegar. Jon, en aquellos momentos, se daba cuenta de que le hubiera gustado saber adónde ir, hacia dónde dirigir sus pasos. Estando allí parado, sobre el puente, solo, en una ocasión una pareja le preguntó, preocupada, si se encontraba bien. Jon se dio cuenta de que pensaban que quería suicidarse, así que les sonrió para tranquilizarse, y entendió con su propia reacción que nunca había pensado ni por un momento en tirarse. Le debía de gustar aquella vida, a pesar de todo. Le horrorizó pensar en lanzarse al vacío, ser el centro de atención de todos aquellos que tenían un objetivo.

Ahora, conduciendo a primera hora del día en una carretera que daba la vuelta a un país al que había llegado apenas unos días antes, supo que por fin sabía hacia dónde girar el volante.

5

No hay principio ni final,
solo lo que quieras ir contando.

"Al respirar"
Vetusta Morla

Se había levantado a la hora de comer, y tras una ducha rápida, el recepcionista le confirmó que no le cobraría una noche más de hotel, aunque le recordó en varias ocasiones que, según los procedimientos, como no había abandonado la habitación antes de las once, tenía todo el derecho a hacerlo. Jon le agradeció el gesto tantas veces como fue necesario, le devolvió los crampones y volvió al coche. Estaba cansado, desorientado por haber dormido durante el día.

En el coche cogió el mapa de carretera y trató de definir su nuevo destino. Podía seguir hacia el Este, rodeando el glaciar, o rehacer el camino hecho y subir al norte de la isla por la costa Oeste. Por algún motivo aquella península del noroeste de la isla, con sus alambicados fiordos, tan parecida a una pata palmípeda de cualquier extraterrestre aún no descubierto, le atraía como un imán. Deseaba conocer el tamaño de aquello que le presentaban los mapas. Jon necesitaba ver y tocar de primera mano todo para que una huella quedara impresa en su memoria. Al contrario que con la música, Jon despreciaba la fotografía por no ser más que la falsedad de un momento. Había tenido ya muchas decepciones por la imagen, la maldita imagen. Cualquier fotografía representaba algo real, estaba basada en algo tangible, perfectamente observable. Y básicamente aquello era la base del desengaño, la distorsión de la realidad. La creación en la fotografía era limitada, puesto que partía de un ente accesible a todos. Sin embargo, Jon adoraba la música, porque rompía el silencio, ocupaba un espacio vacío, inundaba con sonidos, con arte, en una palabra, lo que era un estanco vacío. No había una base, no había una realidad que transformar, no había nada. Y Jon adoraba los retos creativos. Jon recordaba miles de canciones, pero ninguna fotografía.

Jon no hablaba demasiado, era respetuoso con el silencio. Algunas personas le tenían por tímido por esta actitud, cuando lo único que él pretendía era no trastocar algo bello si no fuera para mejorarlo. Y pensar que uno puede superar la belleza es pretencioso, algo que Jon no era en absoluto. Las palabras eran efímeras, silencio en potencia al deshacerse como ondas en el agua. Quizá por eso le gustaba Islandia; allí podía escucharse, y casi nadie le pedía que fuera pretencioso, que mejorara aquella calma, aquel rumor del viento que todo lo impregnaba.

La guía no contenía fotos de aquellos fiordos del Noroeste, pero sí encontró algunas de la costa del Este, con lo cual decidió pronto la nueva dirección. Jon estaba allí para alejarse lo más posible de su realidad, y nada estaba más lejos que el espacio más misterioso de la isla más recóndita. Tomó el camino de vuelta a Reykiavik, hacia los fiordos de la península de Vestfirid.

....

Conducía relajado, con la seguridad de haber realizado ese camino previamente. La ruta 1, la Hringvegur, se llenaba ahora de coches en dirección contraria que buscaban la magia del glaciar Vatnajökull, quizá la misma magia que él había recibido la noche anterior. Solo la noche anterior. El tiempo viajaba en relojes trucados. Apenas llevaba unos días en Islandia, y todo transcurría tan lento, o con tanta profundidad, que Jon juraría imposible que solo hacía unos días que había embarcado en Madrid. Le costó recordar el nombre de algunos compañeros del departamento del trabajo. Ni siquiera recordaba la sensación de tener obligaciones, de tener que presentarse aquí o allá, de tener que acudir a un compromiso. Instintivamente se acarició las muñecas, como un prisionero al que acaban de quitar las esposas. Jon estaba disfrutando de una libertad de la que no sabía que carecía. Envuelta en aquel tedio, en cientos de capas de obligaciones, de pequeños asuntos por descontado, de ideas prefijadas, de juicios, de suposiciones, asomaba la esclavitud. Jon solo había tenido que pasar una semana fuera de casa para darse cuenta de que su vida había cambiado. Su vida estaba cambiando, ahora podía tomar distancia de su anterior yo, al que estaba dejando atrás, tan atrás… Jon imaginaba que estaba desnudando todo lo accesorio, todo lo que su esencia había ido recogiendo durante tanto tiempo, tantas cosas inútiles que se habían pegado a él, ¿quizá la melaza?, descubriendo su parte irrenunciable. Cada kilómetro, como en un túnel de viento, ejercía la fuerza suficiente para despegar cada accesorio, liberándole de su peso, volviéndole más ligero, más él. Jon sentía en los hombros la liberación del peso que arrastraba, ahora podía moverse con mayor libertad, con mayor autonomía. Todo era mejor en Islandia.

La ruta 1 transcurría cerca del mar. Por la ventana de la derecha, Jon veía la inmensidad del país, de sus enormes paisajes verde y negro, con las grandes montañas nevadas desafiando el horizonte. En primer plano se sucedían decenas de cascadas, por las que se despeñaba agua cristalina del deshielo que aprovechaba los grandes desniveles de la zona. En cada una de ellas, eran varios los coches aparcados que transportaban turistas de lo que Jon creía una atracción de las más baratas de la naturaleza. Agua saltando al vacío no parecía, a primera vista, un espectáculo. Sin embargo, sintió curiosidad cuando, en mitad de la autopista, se formó una cola de cinco o seis coches parados, con el intermitente anunciando su giro a la derecha. Intentó adivinar la señal que había avisado a los conductores que le precedían, pero no supo descifrar aquel nombre. No consiguió dominar la curiosidad, y también giró. Al avanzar un centenar de metros, rodeando un saliente de la meseta, se encontró con un pequeño aparcamiento en el que detuvo el coche. Pudo leer "Sejalandfoss". Y, detrás del cartel, una cascada de agua cayendo a plomo desde lo alto de la meseta, difuminándose en su caída hasta casi desaparecer antes de llegar a tierra.

Se apeó y cogió el chubasquero. No hacía frío, pero el viento no daba tregua. Avanzó por un camino asfaltado entre la hierba, dejando atrás un solitario banco con vistas a la caída. Aquel torrente, que aparecía por arte de magia desde lo alto de la meseta, se dividía en dos en su vuelo al vacío. El hilo central era el más fuerte, el más brioso, cayendo en fuertes oleadas sobre el pequeño lago que formaba aquella agua. Perdía mucha de su fuerza en el trayecto, pero aún era merecedora de respeto. El hilo lateral tomaba otro camino, a la izquierda, y pagaba el peaje de los débiles. Se difuminaba rápidamente, limitándose a ser agua vaporosa en el contacto con el laguito. La caída tendría veinticinco o treinta metros, calculó Jon con la seguridad del que nunca había calculado una cascada. El antojo de la naturaleza había querido que aquella cascada fuera a caer en una zona en la que la base de la meseta era más estrecha que la parte superior. Así, era posible pasear por detrás de la cascada, ver el mundo desde el punto de vista opuesto. Jon deseó inmediatamente formar parte de aquella visión, llegar al otro lado.

El viento y la alta caída hacían que el agua mudara su curso rápidamente, por lo que el camino estaba mojado y resbaladizo. Jon tuvo más suerte que la persona que le precedía, que resbaló y solo se salvó de la caída por unos reflejos mágicos. Su susto sirvió a Jon para andar con más cuidado, y para creer por un momento que estaba haciendo algo aventurado. Finalmente llegó hasta el otro lado, al punto álgido de la cascada, en la que el polvo de agua les empapaba sin que se dieran cuenta. Sintió el frescor de la naturaleza y, en el ruido ensordecedor del agua contra el agua, vio el mundo a través de una cortina que lo emborronaba, que escondía aquello que conocía. El agua, en su juego, bailando al son que el viento deseaba, dejaba entrever la verdadera realidad en un pequeño instante, algo apenas imperceptible que hacía dudar a Jon si la verdad era aquella o si ya había cambiado para siempre, y nunca más podría verla sin una cortina de agua fija a sus ojos. Las praderas, las aisladas casas de madera, las montañas fijas como decorados a lo lejos, todo tenía un nuevo aspecto para él. Se preguntó qué aspecto tendría él ahora para el mundo. ¿Cómo se le vería desde allí? ¿Podrían ver que ya no era el mismo?

Las ráfagas en las que el torrente caía sobre el lago formaban ondas misteriosas, un lenguaje moldeado por el viento que Jon intentó descifrar hasta que entendió que no había ningún patrón reconocible. Llevaba un buen rato bajo el fino aguacero, pero no se hubiera perdido aquella visión por nada. Se sentía parte de aquello, fuera lo que fuera. Estaba viviendo.

Un hombre, al otro lado de la cortina, parecía acercarse demasiado a la laguna que formaba la cascada. Demasiado. Justo en la orilla, empezó a desvestirse. Primero se quitó el anorak que llevaba, el jersey, la camiseta. Con el torso al aire, se quitó las botas de un zapatazo, los pantalones fueron detrás. En calzoncillos y con los calcetines puestos, con las miradas de todas las personas que podrían verle fijas en él, se sumergió decididamente en la laguna. No dudó ni un momento, ni se dedicó a recrearse para el público, que no le quitaba ni un segundo en su pensamiento. Entró en el agua, se zambulló y comenzó a nadar hacia donde los torrentes descargaban toda su fuerza. Como un espectáculo por el que hubieran pagado, nadie fue capaz de hacer un ruido, de apartar la mirada. Todos, Jon también, absortos en aquel hombre desnudo en el agua helada, que comenzaba ahora a gritar de puro placer al tratar de defenderse del agua que caía sobre él, ya con fuerza aunque no hubiera llegado a la zona cero del torrente. Ahogado en su risa, en su disfrute infantil, todos le despreciaban por su chiquillada, mientras le envidiaban secretamente.

Jon, a través de su cortina, se sintió más pequeño aún de lo que se había sentido en mitad de un infinito glaciar. Vivía, pero aún le faltaban varias pruebas en el túnel de viento. Había retrocedido en un segundo la mitad del camino que ya había hecho y, aunque internamente sabía que solo era para aligerarse aún más de inútiles accesorios, dejó el otro lado de la cortina de peor humor del que había entrado. Aquella risa, aquella maniobra infantil lo habían cambiado todo. Por suerte, resbaló en el último escalón de la escalera de salida y, con una pirueta doble, consiguió la carcajada de todo el grupo que le rodeaba. Jon se quedó en el suelo, en un escorzo imposible pero, en cuanto oyó las risas de todos aquellos desconocidos por encima del tronar del agua, supo que aquello había sido una lección de la tierra. Comenzó a reírse a coro con los demás, mientras algún piadoso trataba de ayudarle sin disimular su risa, lo que hizo la situación aún más graciosa para Jon. Así, en mitad de un coro de carcajadas, con los pantalones llenos de barro y un moratón en el codo, Jon decidió que aquella visita había acabado, aunque supo reconocer que había merecido la pena pararse en aquella cascada de nombre impronunciable. Cada pequeña cosa enseña una pequeña verdad. O no tan pequeña. Jon agradeció que la vanidad fuera a encontrarse con él junto a una cascada, aunque hubiera jurado que no necesitaba de un moratón para tener que recordarla. Se dijo que tenía buena memoria. Lo repitió en voz alta, por si acaso alguien necesitaba saberlo. "Tengo buena memoria".

6

Si yo soy veleta, tú eres el aire.
Si el aire no mueve la veleta, se queda quieta.

"La veleta"
Los Planetas

Tras pasar la noche en las cuadras de un albergue, remodelado para albergar varias literas, Jon retomó el viaje hacia el Norte. Se levantó temprano; tenía un largo camino que recorrer, pensó en hacer noche de nuevo en Reykiavik, sería más sencillo encontrar un lugar donde dormir. En el trayecto disfrutó de aquella tierra y de los peculiares nombres con los que los pueblos se iban descubriendo. Kikjubaejarklaustur había quedado atrás, y sonreía al pasar por Skógar o ver los desvíos hacia Hólaskjól o Álftavatnakrókur. No le extrañaba que Sigur Ros hubiera jugado a construir un nuevo lenguaje, nada podía ser peor para conseguir un esguince en la lengua. Jon recordaba que a veces ella también jugaba a inventarse palabras, solo por el hecho de saber si Jon le prestaba atención. No recordaba haberse despistado nunca, no recordaba haber caído en aquella trampa nunca, pero quién sabe las veces que ella habría vuelto la cara, sonriente, enojada quizá, quién sabe, y nunca le hubiera reprochado nada.

Ella esgrimió, en una ocasión, que Jon solo miraba hacia dentro, y que en ocasiones se olvidaba del mundo que le rodeaba. Se olvidaba de alabar lo bien que le quedaba el vestido nuevo, de agradecerle guardar la ropa de invierno en el altillo o presentar en el banco los impuestos, como cada año. Al principio él se sorprendió en aquellas palabras, no se reconocía en el retrato que escuchaba. Pero... a fuerza de escucharlo de la persona a la que más respetaba y admiraba, terminó por creer que tal vez aquel desconsiderado del que hablaba era él. El propósito de enmienda era lo que menos comprendía cuando, de chico, los curas le explicaban en el colegio los pormenores de la confesión, que para toda la clase era un momento en oscuridad con un desconocido, al que acudías con tres frases preparadas de antemano y en la que, si rezabas, simplemente lo hacías para que acabara cuanto antes. ¿Tres avemarías, Padre? ¿Cinco? Las que quiera, pero déjeme marchar. "Propósito de enmienda", las tres palabras que culminaban el discurrir de Jon tras sus palabras. Quiso aprender, puso todo su empeño en que aquello, que parecía tan importante para ella, lo fuera también para él.

Se obligó a dirigirse a ella una vez al día, al menos, para alabar alguna acción o mostrar interés en algún aspecto de su existencia. Se concienció, incluso se puso un recordatorio en el móvil que sonaba todos los días a las nueve de la mañana. Los comienzos fueron duros: alabó una chaqueta que había comprado seis meses atrás, agradeció un estofado recién salido del horno que se había quemado, preguntó con interés por el nombre de una compañera de ella que había dejado la empresa un año atrás. Pero no se rindió. Poco a poco aprendió a entrar en su percepción, a conocer qué tenía valor para ella en el mundo y qué era absolutamente irrenunciable. Aprendió a conocerla, aprendió todo lo que no sabía de ella.

Sin embargo, la curva de aprendizaje dejó de ser ascendente pasados unos meses. Las palabras que habían llegado a sonar naturales en la voz de Jon pasaron a ser impuestas, casi dolo-rosas. Jon se esforzaba en encontrar algo que decir, no quería reducir el ritmo ahora que había encontrado lo que le hacía feliz. Se esforzaba, pero le costaba tanto que ella terminó por entender que apenas tenían valor sus palabras. Jon dejó incluso de disimular, mirándola con la mirada entrecerrada, con el dedo en la boca, pensando en algo que decir, algún aspecto relevante que alabar, obligado a elevar a los altares cualquier minucia que no hubiera tratado ya.

Ella volvió a mostrarse mustia. No dejó de ser la pareja per-fecta, pero suavemente le imploró que lo dejara. Ella quería que Jon estuviera a su lado, que supiera quién era realmente ella, que compartieran las horas juntas, que también le fuera sincero si algo no le gustaba. Ella quería un novio, un com-pañero, no un espejito mágico. Lo único que ella quería era complicidad, un nuevo concepto para Jon que aún estaba tra-tando de asumir las consecuencias de las confesiones de su juventud. Jon, el que buscaba en el diccionario la raíz de las palabras para conocer su significado y saber utilizarlo correc-tamente. Jon, el que, el día en que su padre llevó a Marías a casa, no fue capaz de salir del lavabo, temeroso de estrecharle la mano y, de alguna mágica manera, quitarle la energía nece-saria para escribir como lo hace. El tipo egocéntrico que cree que, dependiendo del lugar donde vea los partidos, el resul-tado final variará.

El cartel le anunció que estaba llegando a Pingvellir, un par-que nacional. Le obligaban a dejar el coche si quería visitarlo. Jon se encontraba cansado y hastiado de sus propios pensa-mientos, que le devaluaban a ojos de sí mismo. Decidió tomar uno de aquellos autobuses, esconder la cabeza durante un rato en cualquier actividad turística, formar parte de nuevo de un rebaño, contar con un pastor y olvidarse de decidir girar el timón.

Pingvellir resultó ser, además de un lugar precioso, un sitio con una historia que narrar. Fue el lugar de encuentro de los primeros jefes de los diferentes grupos que habitaban Islandia, donde se reunían para discutir las soluciones a los problemas a los que se enfrentaban. Jon no pudo dejar de recordar *La hoz de oro* de Astérix, el álbum en el que los druidas se reunían para mostrar sus últimos inventos y comentar las novedades en el mundo de la magia. Se imaginaba a aquellos seres de túnica blanca y larga barba recogiendo muérdago con sus hoces y buena leña para poder calentar los calderos donde cocer las pociones. Aquel pensamiento infantil le permitió afrontar de mejor humor la caminata entre dos altas paredes de piedra volcánica, negociando la subida hacia lo que parecía un mirador.

El guía reunió al grupo para comentar qué eran aquellas dos paredes. Jon entendió que la isla era volcánica, algo que ya se habían encargado constantemente de recordarle todos los lugares y guías. Pero aquel guía dijo algo más que nadie le había comentado hasta entonces. La isla estaba en mitad de dos placas tectónicas, la europea y la americana. Ambas placas friccionaban entre sí y, justo en aquel lugar, se podía pasar de una a otra, sin necesidad de pasaporte. Estaban cruzando de continente de la manera más sencilla posible, caminando.

Aquello no dejaba de ser curioso, pero Jon sintió la siguiente historia como propia. El pasadizo donde se encontraban, cercado por dos altas paredes de rígida roca, crecía constantemente. Ambas paredes habían estado unidas, miles de años atrás, y ahora, lenta pero inexorablemente, se separaban a un ritmo lentísimo, inapreciable, pero constante, sin posible vuelta atrás. Las inmensas placas tectónicas se movían, avanzaban. El país crecía por aquel pasadizo por el que caminaban, y lo que estuvo unido, lentamente, se separaba, por fuerzas invisibles y poderosas.

Jon pensó inmediatamente en Helena. ¿Qué es lo que había ocurrido? ¿Qué fuerzas les habían hecho separarse? Había sido todo tan lento que ni siquiera había habido un momento donde todo se hubiera roto. La distancia siempre había parecido salvable, hasta que un momento después ya había crecido un pasadizo entre ellos por el que paseaban cientos de personas, algunos de ellos con cara de despistados, sin saber qué hacían allí. Hubo tanta gente que comenzó a ser difícil vislumbrar a Helena, y, finalmente, Jon la perdió de vista entre la multitud. ¿Cómo había sucedido aquello?

Jon se dio cuenta de que Helena ya no estaba a su lado. Sabía desde hacía mucho tiempo que estaba solo, pero hasta ese momento la piel no se lo había confirmado. Ahora sentía el frío de las piedras que le rodeaban, la necesidad de llevar las manos en los bolsos, la obligación de comerse sus palabras antes de emitirlas, pues nadie había para escucharlas. Jon entendió, como si de repente amaneciera, que Helena no se había ido, sino que ambos se habían distanciado del otro, lentamente, sin que ninguno pudiera hacer nada por evitarlo, sin que ninguno tratara siquiera de luchar contra aquellas fuerzas que los separaban. Jon se sintió abandonado, como jamás pensó que se sentiría. Se preguntó dónde estaría su otra mitad de roca, aquella que una vez estuvo unida a él, si aún conservaba la fe de luchar contra fuerzas invisibles. Se preguntó si él tenía fe en la lucha contra los titanes.

No supo responderse.

Jon volvió a preguntarse si estaba de verdad ocupado en sacar todo lo que tenía en su corazón. Si había intentado todo lo que sus manos habían podido hacer, si se había dejado reservas para quién sabe qué. ¿Lo había dado todo por Helena? ¿Había quedado algún poso de reserva?

Jon no quiso responderse.

....

La visita terminó con Jon aún sumido en sus pensamientos, y el trayecto en autobús hacia el aparcamiento donde había dejado el coche lo pasó en silencio, a pesar de que la dinámica anciana alemana de su lado no cejó de preguntarle y, sobre todo, de contarle su propio viaje por el país.

Con el coche recorriendo de nuevo las carreteras islandesas, Jon recordó el segundo aniversario que había celebrado con Helena. Le regaló un llavero. Lo había encontrado en una pequeña tienda de regalos de la calle Pez, y en seguida surgió la idea. El llavero lo formaban dos partes. Una de ellas, el llavero propiamente dicho, estaba conformado de una serie de pequeñas anillas donde colgar las llaves en un extremo. Del otro extremo colgaba una pequeña pantalla en la que aparecían unos números. Este llavero solo tenía sentido con su compañero, una pequeña pantalla similar a la que colgaba del extremo de la cadena, pero esta estaba sobre un soporte de plástico con forma de muelle. En ambas pantallas, mediante una ingeniosa aplicación de GPS, se veía la distancia que había entre ambos aparatos. Los números de las pantallas eran gemelos y mostraban los metros o kilómetros que distanciaban al llavero del soporte de plástico. Un pequeño cordón umbilical para estar siempre unido al hogar, para conocer exactamente cuán lejos estaba el mejor lugar sobre la Tierra.

Atrajo la atención de Jon enseguida, pero creyó que aquello podría mejorarse. Compró aquel artilugio en dos partes y trabajó sobre el soporte, comprando otras piezas y haciendo trabajar las manos para conseguir lo que el cerebro había imaginado.

Dos semanas antes de su segundo aniversario, Jon ya había terminado, y estaba deseando que el día llegara para poder regalarle a Helena su idea. Estaba ansioso por explicarle a ella todo el proceso, de cómo había surgido aquello en su mente.

Finalmente, los días pasaron, y Jon se presentó ante ella con dos cajas en la cena de aniversario. Hasta el postre no le dejó que se acercara a ellas, disfrutando su incertidumbre. Helena no entendió aquel llavero cuando por fin abrió la caja, pero se quedó más sorprendida cuando, al ir a abrir el segundo paquete, se encontró con una tarjeta en la que se podía leer: "Para Jon". Así que a Jon no le quedó más remedio que abrir la segunda caja, de la que sacó un llavero casi gemelo al anterior, más rudamente construido, con una pantalla similar, en la que los números bailaban como en un espejo al acercarse o alejarse de su hermano. "De esta manera sabremos cuán lejos estamos uno de otro". Helena rió, y Jon dudó si se reía de felicidad o se burlaba de su pequeño detalle. Pero no tuvo demasiado tiempo para dudar, pues enseguida ella le besó, aún sonriendo. "Me encanta. No sé qué voy a hacer contigo, pero me encanta. Y a partir de ahora seguro que me gusta el cero más que nunca". Juntos creaban la nada, recordaba entonces Jon. Un regalo que le había ilusionado, pero con el mensaje incorrecto. Helena parecía no reparar en aquella segunda idea y jugaba con los dos llaveros, haciendo pruebas constantemente, simulando ir al baño y volviendo para susurrar que el servicio estaba a veintitrés metros de la mesa. Jon no puede dejar de reír cada vez que la recuerda comparando las pantallas.

Desde la distancia se avergüenza de aquel regalo tan cursi, que a los pocos meses quedó olvidado en un platito junto a calderilla. Pero recordaba aquel momento como de felicidad extrema, un punto de inflexión en su relación. Solo estaban ellos dos en el mundo, acercando y alejando sus llaveros, probando si también funcionaba con diferentes alturas, Jon explicando cómo había comprado en la ferretería las anillas, cómo había tenido que volver porque en casa no tenía siquiera un alicates. Recordó a Helena utilizando el tenedor del restaurante para mantener abierta la argolla del nuevo llavero y poder cambiar las llaves del antiguo. Al terminar le pidió a Jon las suyas, para repetir la operación. Tan entretenidos estaban que Jon incluso olvidó de que el café se había quedado frío, sorprendiéndose a sí mismo por no molestarse; odiaba que la comida o la bebida no estuviera a la temperatura ideal. Helena le hizo una mueca de "cómo estás madurando, chico", pero luego se vio a sí misma con el tenedor en la argolla de un llavero con una pantallita, y ambos estallaron en carcajadas.

Un pequeño instante de felicidad, de complicidad, de aquello que tanto Helena había demandado. Y Jon entendió por qué, pues no se había sentido tan bien nunca.

....

Al final del día, Jon llegó de nuevo a Reykiavik. Probó suerte en un par de moteles, y finalmente encontró una cama en el restaurante Pisa, en el que había cenado su primera noche en el país. Por suerte, se había cancelado una reserva, y podría entrar en aquel momento.

Jon estaba agotado tras el día. Su cabeza no dejaba de mostrarle recuerdos y hacerle preguntas, y el día en el coche le había dejado extenuado. Se duchó y se metió en la cama inmediatamente, sintiéndose una persona nueva.

Con la cabeza sobre la almohada, pensó en Helena, en por qué lo dejaron, en las excusas que se puso a sí mismo. En los últimos días de la relación, ambos distantes como nunca, sintiéndose lejos, solamente unidos por el cordel de una cometa. Finalmente el viento se hizo ingobernable, y la cometa voló. Nadie podía ayudarle a buscarla de nuevo, solo él podía ir en su búsqueda.

En medio de la noche iluminada, se escuchó respirar profundamente. Estaba agitado, los recuerdos le removían el interior. Suspiró lentamente, expulsando el estrés sin necesidad de darle forma de palabras. Espació sus respiraciones tratando de ralentizarlas, de tranquilizarse. Dejó por un momento de respirar, esperando escuchar el silencio que pudiera regalarle un punto de partida. Y escuchó, al fondo, lejano, pero constante, irrenunciable, el corazón bombear. Una vez. Otra. Una más. Jon dejó de escuchar palabras.

Después de un buen rato, seguro ya de no contar con la capacidad de dormir, se incorporó en la habitación. Se sentó frente a la mesa, y sacó una de las postales que había cogido en la recepción del restaurante. Comenzó a escribir: "Después de una semana sigo aquí. Aún no consigo entenderlo del todo, pero creo que empiezo a vislumbrar lo que vine a buscar. Ojalá mi casa, mi ciudad, pueda suponer algo para usted como para mí está suponiendo su país. Se lo agradezco a usted, porque, aunque pudiera gritárselo a las montañas, no sé si lo entenderían. Gracias".

Dejó el bolígrafo con el logo del restaurante sobre la mesa. Mañana buscaría una dirección a la que enviarla.

7

The ice is getting thinner under you and me.

"The ice is getting thinner"
Death Cab for Cutie

El viaje de Jon por el oeste de la isla hacia los fiordos del Noroeste le llevó por fin a Isafjoldur, la ciudad más importante de la zona. En la oficina de turismo de Reykiavik, le describieron la ciudad enclaustrada entre dos hileras de montañas que esconden el Sol durante más de la mitad del año. Los habitantes celebran una fiesta anual en la que dan la bienvenida al astro Sol. Jon no puede dejar de pensar lo que sería vivir durante meses sin luz solar, y la alegría que supondría volver a ver el Sol después de tanta noche eterna. Un amanecer al año, justo lo contrario de lo que el Principito en su asteroide, pero... ¿quién quiere ser el Principito?

Jon aparcó el coche en la zona pesquera, sabedor de que por allí encontraría el motel donde había reservado habitación. Era media tarde, y Jon estaba cansado de conducir. Las carreteras de los fiordos eran espectaculares, pero también muy exigentes. No estaba habituado a conducir solo, y echaba de menos algo de compañía. Solía parar en alguno de los merenderos que los islandeses construían junto a las principales carreteras. Descansaba de la conducción, y aprovechaba para inundar su memoria de imágenes que escapaban a su cerril pensamiento español. Extensos valles sin construcciones a la vista, kilómetros y kilómetros de costa sin más casas que alguna pequeña choza de madera. Sin otro ruido que el viento agitando los arbustos, sin más color que el azul del mar, el verde escondido, el negro de las montañas. En esta zona las montañas se cortaban en absurdos barrancos, majestuosos, imponentes, inútiles excepto para exhibir su belleza, la grandeza de su fuerza.

Admiraba Jon desde su coche las empinadas montañas que rodeaban la ciudad, diminuta península en comparación, que parecía rezar para que los elementos no quisieran acabar con ella. Calculó la altura de aquellas montañas, y trató de imaginar cómo sería aquel glaciar que había ocupado este fiordo miles de años atrás. Intentó calcular la cantidad de hielo que sería necesaria para alcanzar la cima de aquellas montañas que le rodeaban, tan altas que incluso tapaban el sol. Hizo el cálculo de cuán insignificante era en el espacio, y en el tiempo. Y dejó de ser importante para sí mismo por un momento.

Le despertaron de su letargo las olas provenientes del mar, que batían contra las rocas que los habitantes de Isafjoldur habían colocado para evitar cualquier posible inundación por las crecidas. Recogió su mochila del maletero del coche y comenzó la búsqueda del motel que había reservado. Pronto se dio cuenta de que la ciudad tenía, sorprendentemente, vida urbana. Encontró un hotel, un par de restaurantes y alguna tienda. Paseando por las calles, se cruzó con algún turista más, despistado, que saludaba a Jon al reconocerle tan perdido como a sí mismo. Encontró el motel que había reservado en una calle paralela a las montañas, con las paredes de chapa roja. En la recepción le atendió amablemente Annette, tal y como informaba la chapa de su solapa. Amablemente y sonriente, siempre sonriente, Annette le informó de que había un problema con la reserva, y que tendría que compartir la habitación con otra viajera. Era una habitación grande, con tres camas, tendrían espacio de sobra. La otra viajera ya había llegado y, si Jon era tan amable de esperar en la recepción, ella la haría venir hasta aquí para presentársela. Antes de que Jon hiciera siquiera un ademán de protesta, ella le informó de que había llamado al resto de moteles de la ciudad de un precio similar para pedir alguna habitación libre, y no había tenido ningún éxito. Confiaba en que aceptara la invitación de compartir la habitación y que, si hubiera alguna molestia, estaba incluso dispuesta a ofrecer un veinte por ciento de descuento del precio pactado. Annette, siempre sonriente, no dejó de enseñar los dientes ni un solo momento mientras hablaba. Jon se vio incapaz de comenzar una disputa con la risueña Annette sin sentirse violento, y ni siquiera reivindicó su porcentaje de descuento.

Se sentó a esperar a su nueva compañera de habitación. No quiso creerlo hasta que repasó cada etapa de su vida, pero aquella iba a ser la primera vez que iba a compartir un dormitorio con alguien. En su casa no tuvo necesidad, tuvo suerte y le tocó un cuarto individual en la residencia de estudiantes, el piso que posteriormente compartió tuvo habitaciones para los tres amigos, y... No, seguro. Aquella iba a ser la primera vez que compartiera un dormitorio. De repente, extrañamente, tuvo pudor. Y sí... Tantas cosas... Resolvió que no había nada que pudiera hacer, así que simuló encontrarse cómodo.

Apareció Annette con Rita, que se presentó extendiendo la mano. Menuda, risueña. "Mona" fue la única palabra que acudió a la mente de Jon al presentarse. Mirada divertida y curiosa, sonrisa franca, encantada de estar exactamente donde estaba. "Parece que vamos a ser compañeros de habitación". "Sí, a no ser que tengas un problema al respecto". "En absoluto, Jon. ¿De dónde eres? Tu acento no parece muy británico". "Soy español. Es un nombre del norte de España. Aunque suena británico, se escribe diferente. Aunque apuntaré que debo mejorar mi inglés". Rita ni se azoró. Sonrió ante la ocurrencia de Jon. "Déjame que te ayude con el equipaje. Ya que vamos a ser compañeros de cuarto, por lo menos que seamos buenos compañeros de cuarto". Jon agradeció la ayuda, aunque declinó su ofrecimiento. Sin embargo, se sorprendió de lo rápido que fue al decir: "Ya que vamos a compartir la habitación, ¿qué te parece si compartimos también la cena?".

Los dos segundos que tardaron las palabras de Jon en ser procesadas por el cerebro de Rita le parecieron un par de años luz. Pero finalmente ella movió el flequillo, se recogió el pelo tras la oreja izquierda y dijo "sí, claro", y entonces el tiempo volvió a ser lineal.

Por primera vez desde que había dejado España, Jon tenía ilusión. Isafjoldur era lo más cerca del Círculo Polar Ártico que había estado nunca, y allí encontraba a Rita, que era una ilusionista del tiempo a la que no le importaba compartir habitaciones en moteles, con la que se encontraba como en casa. Rita se comportaba como si siempre hubiera conocido a Jon, como si conociera exactamente qué era necesario para que Jon se sintiera feliz.

Buscaron juntos un restaurante, rieron ante la falta de oferta y las malas indicaciones que todos los islandeses solían dar. Discutieron si trataban intencionadamente de desviarles de sus objetivos, y Rita comenzó a inventar motivos para ello: "tratan de hacerte creer que el país es más grande de lo que realmente es, a través de hacerte dar vueltas por toda la ciudad, o quizás sean amigos del dueño de otro restaurante y te obligan a pasar delante de él, para que al menos te lo plantees, quizás al estar tan cerca del Norte magnético se encuentran siempre desorientados y confunden los puntos cardinales, o quizá lo hacen por diversión, para reírse de los turistas".

—Hay algo que quizá no hayas valorado, y me sorprende que lo hayas olvidado.

—Sorpréndeme, Jon.

—Tal vez los islandeses sean buenas personas, a pesar de todo. Y, aunque no conocen el lugar por el que le preguntas, te dicen una ruta que te llevará por la mayor parte de las calles de la ciudad, con lo cual tendrás más oportunidades de encontrar lo que buscas. ¿Qué te parece?

—Bravo, Jon.

—¿Qué?

—Si no fuera porque esta ciudad tiene tres mil habitantes y cuatro restaurantes, como mucho, podría ser una teoría adecuada, pero... me encanta. Es muy tuyo, eso de ver solo lo bueno. Muy tuyo.

—¿En serio?

—¡Claro! Se ve que eres buena persona. Incluso Annette me lo dijo antes de que llegaras al motel.

—¿Annette? ¿La mujer a la que es imposible llevar la contraria? ¿Sí? ¿Qué te dijo?

—La misma Annette. Cuando nos dimos cuenta del error, me dijo: "no te preocupes, es un buen chico. No habrá problema".

—Hice la reserva por Internet... Ni siquiera hablé con ella. Un momento... Me estás tomando el pelo, ¿verdad?

—¡Por supuesto! Pero es tan divertido verte ilusionado... Retuerces la naricilla...

—¡Deja de tomarme el pelo! —simuló enfadarse Jon—. Si lo llego a saber...

No dejaron de reír ni un momento, a pesar de que el pescado estaba poco cocinado y el pollo apenas tenía sabor. Desde el ventanal del restaurante, podía ver la ladera de la montaña Norte, pulida día tras día miles de años atrás, las nubes haciendo roma la cima. El sol comenzaba a ocultarse por el valle del Oeste, lo que a estas alturas del año significaba que comenzaba a ser muy tarde.

Hicieron el camino de vuelta al motel cogidos de la mano, sin ser conscientes de quién había sido el primero en amarrar al otro. Dieron vueltas por la ciudad evitando llegar al motel, como guiados por dos islandeses con buena intención, pero terminaron encontrando la puerta del motel de paredes de chapa roja.

No se besaron hasta que llegaron al cuarto compartido, donde Jon eligió su cuello para que fuera el destinatario del primer beso cobarde, entregado por detrás. Rita convirtió ese primer beso en un abrazo que se tornó interminable. Hicieron el amor suave, lentamente. El despeinado flequillo de Rita se balanceaba rítmicamente. El motel estaba en silencio, excepto los suaves gemidos de Rita, que hacía continuos aspavientos para que no hicieran ningún ruido. "No te preocupes, no nos oirán". "Ellos no me importan, es para que no te distraigas de lo que sientes".

Jon despertó solo en la habitación. De las tres camas, solo una estaba deshecha. El ambiente era frío; Jon, aún somnoliento, se arropó con el edredón. No tenía aún la mente despejada, pero sentía frío, a pesar de arroparse. "Normal, es una habitación de tres, demasiado grande para uno solo". Solo. Hasta que no se escuchó, no entendió que ella ya no estaba. Se incorporó, adivinó entre las sombras de la noche su figura, su respiración, pero no encontró nada de lo que buscaba.

Encendió la luz de la mesilla y confirmó el presagio. Ella había abandonado la habitación. Ella se había marchado. Sobre la cómoda encontró un sobre que no estaba cuando se acostaron. Lo abrió. Letras de boli, escritas en la oscuridad: "Gracias por ser parte de mi viaje. Espero haber sido una buena parada del tuyo. *Bon Voyage.*"

Ni un teléfono, ni una dirección, ni siquiera un hasta luego. Era un adiós definitivo, redondo, perfecto, absurdamente definitivo. Rita nunca volvería a ser parte de su vida.

Sonrió. No había conocido la perfección de un instante hasta ese preciso momento. Recogió sus cosas, se duchó. Desayunó un sándwich de pepinillos en silencio, sobre unas mesas de madera con sillas sin lijar. Se despidió de Annette con una sonrisa triste. No le preguntó sobre Rita. Pero le pidió una tarjeta del motel. "Para acordarme".

—¿Acordarse? —sonrió, cómo no—. Seguramente no conozca a Olof. Es un músico islandés de una zona aún más al Norte. Solo es conocido en el país, pero tiene éxito, dentro de lo que cabe. Compone su propia música y jamás usa partituras. Una vez busqué en Internet sus canciones, para practicar con ellas a tocar la guitarra. No encontré absolutamente nada. Nada, ni un rastro. Me seguía apeteciendo conocer su música para poder tocar sus canciones, pero no tenía tan buen oído como para reconocer las notas al vuelo. Así que un día me dirigí hacia su local de ensayo y, al finalizar la sesión, le pregunté cómo podría conocer su música, por qué no había partituras de lo que componía. "¿Partituras?", me dijo. "¿Partituras? No uso partituras. Si no soy capaz de recordar exactamente qué es lo que compuse, es que no merecía la pena. No necesito un papel que me recuerde cómo me siento. Sé lo que siento". Nunca he tocado una canción de Olof. No soy capaz. Pero desde entonces me dedico a tocar mi propia música. Al siguiente día de visitar el local de ensayo de Olof, rompí todas las tarjetas del motel. Espero que no las necesites para recordar el motel de chapa roja de Isafjoldur.

Jon se despidió de Annette, que salió a la puerta del motel para decirle adiós con la mano. Jon le respondió agitando su mano. Sabía que no podría olvidar Isafjoldur.

8

Are you lost or incomplete?

"Talk"
Coldplay

El frío obligaba a Jon a dar saltitos para no congelarse. Una parte de él deseaba volver al coche para poder disfrutar de la calefacción pero, tras tantas curvas y horas de carretera, sabía que debía hacer un alto de vez en cuando, dar un descanso a su cuerpo y a su cabeza. La noche con Rita le rondaba aún en círculos concéntricos, y no se divisaba ningún agujero negro que pudiera hacerla desaparecer. Aquella noche se había convertido en no-materia, en una presencia invisible pero poderosa, en una falta de ausencia, en una sala de estar junto a la habitación principal, un lugar cómodo al que volver, pero no un sitio en el que quedarse. Rita había pasado flotando por su vida.

Le divertía que, cada cinco minutos al menos, un coche de los pocos que transitaban por la ruta 1 se paraba junto a él, bajaba la ventanilla y le preguntaban si todo estaba correcto. Jon levantaba el pulgar, para indicarles que todo estaba bien. Amables, todos repetían la pregunta, para cerciorarse de que Jon había entendido que paraban para ayudarle. Con gesto serio les confirmaba que sí, que todo estaba a la perfección. Parece, pensó Jon, que los islandeses no utilizan mucho los merenderos que ellos mismos construyen a los lados de su carretera.

Cada recodo, cada ascensión a cada colina, cada curva suponía para Jon una nueva sorpresa, una nueva pequeña maravilla; aquel país era una *matrioska* de paisajes de cuento, de lugares insospechados, difícilmente imaginables para un castellano de la meseta de trigo. Cada giro abría el campo de visión, que descubría una bahía de cotas imposibles, valles infinitamente verdes, paisajes lunares, en los que el filtro se cambiaba a blanco y negro. Y aquellas nubes... Esas nubes que todo lo coronaban... A ella le hubieran encantado.

Jon entró en el coche mientras volvía a decir que no, que todo estaba perfecto, al último de los coches que ponía el piloto lateral para ver si necesitaba ayuda. Arrancó, bajó un poco el volumen del disco de Sigur Ros que había comprado y reemprendió el camino. Mientras conducía, comprobó con la mano derecha que en su mochila estaba aún la libreta. La mejor sensación es querer compartir algo bello.

Encontró una casa de comidas en el inicio de un fiordo, que anunciaba que era la última gasolinera en los próximos cincuenta kilómetros. Aunque no lo necesitaba, repostó, precavido. Dejó el coche en un pequeño aparcamiento de grava en el lateral de la casa. Cogió la mochila, entró en la casa, un amplio comedor con mesas corridas de madera sin lijar, se sentó junto a las ventanas frontales desde donde podía ver la enormidad de aquel fiordo, se sirvió sopa del día de la cazuela, y pidió pan y mantequilla. Agua para beber. Sacó la libreta y comenzó a escribir, para ella.

"¿Sabes? Islandia es una fábrica de nubes. Todo el país se encarga de este trabajo, que es imprescindible para que el mundo siga funcionando tal como lo conocemos. No es un trabajo que pueda hacer cualquiera. Es necesario tener el carácter de los islandeses, habituados a estar aislados, al trabajo duro, a sobrevivir a catástrofes naturales, a ser ignorados...

"Cada región tiene su cometido en esta tarea nacional. Cada persona, sus funciones dentro del gran engranaje. Todo está gestionado desde el comienzo por el gobierno nacional, ese que se reunía ya en Pingvellir. En aquellas primeras reuniones, ya se establecieron las bases del trabajo que se debía desarrollar. Desde entonces, cada uno de los islandeses trabaja con el mismo fin. Los trabajos respecto al tema de las nubes se heredan de generación en generación; cada habitante de cada una de las ciudades o aldeas de Islandia enseña orgulloso el oficio a sus vástagos, con el secreto deseo de que traten de mejorar todo lo que han conseguido ellos hasta entonces.

"La fábrica de nubes... Seguramente pensarás cómo he conseguido saberlo. No puedo, como comprenderás, decirte quién me ha informado; pero desde que lo sé, todo lo que veo a mi alrededor me hace pensar que todo es cierto, que todo encaja con lo que aquella noche descubrí.

"Nunca verás a un islandés mirar al cielo. No tienen necesidad de mirar qué es lo que tienen sobre sus cabezas, pues trabajan en ello cada día. Si alguna vez tienes la oportunidad de ver las noticias en la televisión en un bar islandés, te darás cuenta de que, al llegar el parte meteorológico, nadie presta atención si no es para sonreírse entre ellos, señalando con la mirada a los extranjeros presentes en el bar, si los hubiera. A partir del tercer día, lo descubrí. El parte es falso, es una repetición constante, día tras día. Una atracción turística, un chiste nacional.

"Piensa por un momento... Islandia... Sin vacas, sin apenas cerdos, solo con ovejas, con pocas verduras, con pescado, sí, pero... tan lejos de todo... ¿Cómo puede sobrevivir la economía islandesa? El turismo solo está activo durante dos o tres meses al año, no es suficiente... ¿De qué, si no, iban a vivir los islandeses? El gobierno de cada país paga su diezmo por las nubes, que sostienen la economía de este país. Ha habido ocasiones en que ha habido países que no han querido entrar a pagar la parte que les correspondía, sobre todo gobiernos que acceden al poder por primera vez. Incrédulos, deciden cancelar los pagos a Islandia. Estas noticias siempre son bienvenidas por una parte de los islandeses, pues suponen para algunos unos días de fiesta. Se corta la producción de nubes para esa zona en concreto, y se espera la respuesta del gobierno correspondiente. A veces algunos tardan semanas en entrar en razón. Los bares islandeses están, en esas épocas, llenos de gente dispuesta a celebrarlo. Saben que no va a haber otra respuesta, nunca la ha habido, que antes o después todos entenderán y pagarán.

"¿Has pensado en alguna ocasión por qué en verano apenas hay nubes? Claro, los islandeses también toman vacaciones. La vuelta al trabajo siempre es dura, también para las máquinas que producen las nubes, por eso septiembre suele ser una época complicada. La gota fría es una de las taras que el gobierno islandés quiere reducir al máximo. En los últimos años, se han conseguido éxitos en este sentido, debido a las novedades introducidas por el gobierno. La vuelta escalonada del verano, la introducción de psicólogos en las empresas que tratan la depresión postvacacional, la incorporación de nuevos equipos de mantenimiento para el cuidado de las máquinas en verano... Parece que los resultados de los últimos años están dando la razón a las medidas establecidas.

"Es un trabajo especial, y es necesario cuidarlo como tal.

"El centro de operaciones está en Reykiavik. Allí, además de la dirección general, se encuentran los departamentos de Relaciones Internacionales, Administración y Recursos Humanos. Allí está el aeropuerto más importante del país, que facilita las comunicaciones de estas áreas.

"A pocos kilómetros de la ciudad, de camino a Pingvellir, se encuentra una de las fábricas más importantes del Sur, camuflada como una estación de energía geotermal. Incluso, en un ejemplo más de la ironía de los islandeses, organizan *tours* por la estación, donde enseñan algunas de las instalaciones. Eso sí; siempre la primera pregunta, simpática, del guía turístico al grupo es: '¿Hay algún físico en la sala?' para evitar posibles problemas. El resto de turistas sonríe, sin ser conscientes de todo lo que oculta esa inocente pregunta.

"En Isafjoldur se encuentra el departamento de I+D. En esta pequeña ciudad, se encuentran algunos de los físicos meteorológicos más importantes del país. Estudian la calidad de las nubes, su desgaste en el traslado hasta los países de destino, posibles nuevas combinaciones para conseguir la nube perfecta en cada caso. También allí, tras la montaña que abriga la ciudad, se encuentra una de las mayores fábricas del país. Desde luego, una de las más antiguas. Deberías ver el espectáculo vespertino, las nubes rebosando la cota superior de la montaña, comenzando el camino hacia su destino final.

"Hay otros centros de producción de nubes a lo largo de todo el país. Casi podíamos decir que, en cada pequeña población, encontrarás un pequeño centro de producción. Incluso los baños geotermales son utilizados para la producción, aunque, claro, a una escala mucho menor. El mayor de los centros, sin lugar a dudas, se encuentra en el Volcán, una inmensa fábrica que al parecer trabaja veinticuatro horas al día, sin descanso. Controlada por varios centros del este de la isla, es el centro más moderno de producción de nubes del mundo, siempre en constante evolución. Pero allá donde mires en este país, encontrarás una pequeña producción. Incluso las cascadas sirven para disimular el envío de nubes al cielo para su distribución.

"Islandia es el principal productor de nubes para el Hemisferio Norte pero, en la conversación que tuve con mi particular Garganta Profunda, no pude sacarle cuál era el país productor para el Hemisferio Sur. Tengo mis sospechas de que se encuentra en algún país latino de Sudamérica porque, entre su discurso, trataba de entrelazar palabras españolas con un acento realmente extraño. Quizá fueran expresiones que hubiera aprendido de sus colegas del Sur, en las reuniones que celebrarían para compartir experiencias sobre las nubes, quizá solo efectos del alcohol que llevaba ya encima".

Dejó la libreta a un lado. La sopa se le había quedado fría. Cogió otro plato y lo llenó de la cacerola metálica. Tenía hambre, pero no se había dado cuenta hasta ahora. No se había dado cuenta de muchas cosas hasta ahora. Hasta ahora solo había hecho las cosas para sí. Probar a hacer algo para los demás era una novedad en Islandia.

Releyó lo escrito. Estaba seguro de que le gustaría. Pensó en regalárselo una vez terminado. Pensó en leérselo, pensó después en grabárselo en una cinta, no podría soportar si a ella no le gustara. Dejó de pensar.

La sopa se iba a volver a enfriar.

9

Let's talk

"Talk"
Coldplay

Pasó la noche en casa de un robusto agricultor que alquilaba habitaciones. No hablaba otra cosa que no fuera islandés, así que se entendieron a través de señas. En el otro dormitorio de la casa, se hospedaba una pareja de chicas italianas, a las que escuchaba entrar juntas en el baño compartido. A media tarde el cielo se había encapotado, y las ventanas sufrían el embate del viento. Una llovizna persistente se convertía en dardos que venían de todas direcciones, que dificultaban cualquier paseo al aire libre. Jon decidió pasar aquella tarde en casa, leyendo sus relatos de Salinger, con la esperanza de encontrar una nueva frase que cambiara su perspectiva.

Durante toda la noche, Jon soñó con un grifo que estaba medio abierto, goteando constantemente, dejando escapar el agua lenta e irremediablemente, sin que nadie fuera capaz de cerrarlo. Al despertar no supo adivinar qué significaba aquel sueño, y no encontró a nadie con quien compartir aquel pensamiento. A veces ella anotaba en mitad de la noche, en una pequeña libreta, los sueños que le sucedían. Por la mañana los compartía con Jon, y ambos intentaban descifrarlos. Al comienzo Jon tomaba aquel ejercicio con guasa, y lo relacionaba todo, gracias a lo que él llamaba "estilo freudiano", con el sexo, intentando hacerla reír. Pero ella le enseñó que todo lo que sucedía por la noche era un reflejo de algo que en el día había acontecido; aprendió cómo ella buscaba un significado a cada pequeño detalle de su libreta, buscando su referencia en la luz. A Jon le hubiera gustado que le ayudara a saber qué podría significar un grifo medio abierto, en mitad de la nada. Pero Helena no estaba.

Jon desayunó en una cafetería cercana, en la que tomó un sándwich de pepino con el café. En el resto de mesas, encontró a lugareños, que leían el diario sin importarles nada que ocurriera fuera de aquel rectángulo con manchas de papel. Todo estaba en silencio, excepto, ocasionalmente, el tintineo de las cucharillas de metal removiendo lejanamente el café en la taza de porcelana. Echó de menos un sonido. Le hubiera gustado escuchar el crepitar de las tostadas calientes al verter sobre ellas aceite a la hora de desayunar. Le hubiera encantado escuchar el roce de la sal en sus dedos húmedos de aceite al tratar de liberarla sobre la tostada. Aquel sonido era estar en casa para Jon. Aquel sonido, como el del tambor de la lavadora girando los domingos por las tardes en la cocina o el rumor de los riegos automáticos sobre el césped las noches de verano. Aquellos sonidos le recordaban su lugar en el mundo.

Terminó el sándwich, insípido, y se alejó sin mirar atrás.

Por ningún motivo aparente, silbó. Tres grupos de silbidos. En el primero dos notas cortas y una más larga, alternas. Una pequeña pausa. En el segundo solo dos notas, en la que la final se alarga mucho, siendo además la más baja de todas. Una nueva pausa. En el grupo final, cuatro notas cortas, una pequeña escala descendente. Algo así como "tatitoo, titoooo, titotatooo". Un silbido no premeditado, un acto inconsciente, un hecho sin importancia. De camino al coche, sorteó algunos charcos para evitar mojarse las botas.

Desde que había empezado a viajar por el país, en todas partes había visto referencias a la cascada de Dettifoss. Aquella misma mañana, mientras visitaba Geiser —el pueblo que daba nombre a aquellos chorros del infierno—, no dejaba de escuchar su nombre. Algunos viajeros habían comparado con ella algunas de las otras cascadas que había visitado. Había leído en un periódico que aquel verano la cascada llevaba más agua que nunca. Siempre el nombre flotando en el ambiente, Dettifoss, Dettifoss. Pues bien, había llegado el día en que iba a visitar Dettifoss. Por fin. Hasta ahora las ciudades o lugares que había visitado habían surgido en el camino. En esta ocasión, era un objetivo, la cascada se había convertido en un deseo para Jon. Quería conocer aquella pequeña maravilla de la naturaleza. Solo había oído historias sobre ella, por fin iban a encontrarse cara a cara.

Tatitoo, titoooo, titotatooo. El camino de tierra llega a una explanada donde se indica que a partir de ese momento el camino deberá seguirse a pie. Jon baja y ríe de cómo ha quedado el coche, barro hasta en los guardabarros. Coge la mochila con la cámara y alguna prenda de abrigo adicional, y comienza el camino de muchos otros turistas. El paisaje es el más lunar que ha encontrado hasta ahora, el polvo gris queda prendado en su bota, en los bajos de sus pantalones. Si no fuera por el rumor de agua a lo lejos, Jon juraría que necesitaría una escafandra para poder respirar.

Pero la gravedad sigue funcionando, y el rumor cada vez se escucha más cercano. Se encuentra frente a un cartel con dos direcciones: Dettifoss a la izquierda, Selfoss a la derecha. Supone que ambas son cascadas del mismo río, y decide dejar el plato fuerte para el final, y gira a la derecha. Selfoss. El camino se olvida paulatinamente del polvo, y poco a poco se endurece con rocas que sobresalen del suelo. El rumor crece, y Jon, preso de la impaciencia, se acerca a donde cree que se encuentra el cauce del río.

Sin previo aviso se encuentra al borde de un barranco perpendicular, con rocas cortadas en vertical, afiladas como escuadras. Una caída de treinta metros, y en el fondo un río que corre manso, agua clara, ocupando todo el cauce posible, buscando un escape imposible. Jon remonta con la mirada el origen del río, y se encuentra, a cien metros, con una cascada imponente, con la luz del sol de fondo, que se le asemeja una postal barata. Los márgenes del río se unen en el punto de la cascada, donde se despeña el agua hacia el vacío, rompiendo en mil pedazos el aire, creando el rumor siempre lejano. Jon disfruta de la vista, pero duda en continuar hacia la cascada. El suelo está lleno de charcos, de pequeños riachuelos que buscan una salida, y le gustaría poder evitar mojarse. Así, una vez registrada en su memoria la hermana pequeña de Dettifoss, acude a ver el plato grande, el espectáculo de la naturaleza.

Sigue el curso del río con la mochila a cuestas y, en unos trescientos metros, se encuentra con unas escaleras de madera que le conducen a la cascada más grande de Islandia. Dettifoss, por fin.

Las aguas rompían con una fuerza inusitada, Jon estaba realmente sorprendido. Se lanzaban al vacío tras recorrer con fuerza los últimos metros del cauce, y seguían en su carrera hacia el vacío difuminándose, para volver a agruparse y caer a plomo decenas de metros. Era un torrente gigante, una fuerza de la naturaleza. Jon se sintió intimidado, frágil, pequeño, diminuto, como las personas que, sin saberlo, jugaban a ser hormigas al oro lado de la cascada. Apenas manchas de personas, que podrían ser destrozadas de dar un solo paso en falso. Y parecía que había una pequeña hormiga empeñada en arriesgarse a ello, acercándose al barranco más de lo razonablemente permitido, agitando los brazos por encima de la cabeza, saltando. Aquella hormiga estaba perturbada, pensó Jon, o quizá estaba llamando la atención de alguien. Al menos eso comentaban los turistas que Jon tenía al lado, que la seña laban y le devolvían el saludo. Ella, pues era una ella la diminuta figura, respondía las llamadas del otro lado, y se señalaba ostensiblemente a la izquierda, como un paso de baile de un musical. Jon se vio señalado por los dedos de los que imitaban su gesto, y ella, la hormiga con un anorak rojo, saltó con los brazos en alto, un símbolo inequívoco de que había encontrado lo que buscaba.

—Amigo, parece que le han encontrado —escuchó Jon a su lado mientras recibía unas palmadas en el hombro.

Jon enfocó con interés por primera vez la mirada hacia la otra orilla. La imagen de aquella hormiga, con los brazos estirados, apuntando hacia el cielo, se fue definiendo hasta que Jon no tuvo ninguna duda de que ella estaba allí, de que Helena había cruzado el continente para buscarle.

Se sintió violento, molesto, aturdido, preocupado. Y aliviado. Ella estaba allí, Helena le había buscado, y le había encontrado. Disfrutó de su último momento de soledad, inspiró fuertemente y levantó los brazos apuntando hacia el cielo, asegurando que la había reconocido, que ahora ella tampoco estaba sola.

Helena reaccionó moviendo los brazos, unidos por encima de la cabeza, hacia su izquierda, y enseguida comenzó a andar en aquella dirección por la ribera del río, en contra de la corriente. Jon bajó los brazos y anduvo en paralelo a ella, subiendo de nuevo las escaleras que le habían llevado a la ruptura del río. Miró desde lo alto hacia atrás, tratando de fijar en su memoria el lugar donde para siempre recordaría que ella le había encontrado.

Remontaron juntos, cada uno a su lado del río, unos cientos de metros, buscando el lugar más aislado en el que poder comunicarse, dejando atrás el ruido del agua. Ella, como siempre, se detuvo primero, y él la imitó. El terreno se cortaba abruptamente y creaba una pared vertical que reflejaba los rayos del sol que escapaban del telar del cielo. Ella se acercó a la orilla, incluso peligrosamente. Hizo bocina con las manos, y Jon escuchó:

—Cena, hotel, Akureyri, 8.

Jon entendió y elevó los dos brazos en vertical para que ella supiera que lo había entendido. No pudo evitarlo:

—¿Qué haces aquí?

Ella hizo el gesto de la rueda. Después. Jon se despidió agitando los brazos y esperó a que ella emprendiera camino, esta vez a favor de la corriente. Reconocería aquellos andares en cualquier lugar, recordaba haberse dado la vuelta cuando se despedían en la calle tras haber dado solo dos pasos, para poder verla caminar. Una visión de la que, era consciente, no disfrutaría mientras caminaran uno al lado del otro.

Volvió al coche. Tatitoo, titoooo, titotatooo. Nada parecía igual, pero la canción seguía en su cabeza. Comprobó la hora, supo que tenía tiempo suficiente para llegar a Akureyri, reservar una habitación en alguna pensión y darse una ducha. Repasó mentalmente si a aquellas alturas aún tenía algo limpio en la mochila. Y se dio cuenta de que iba a volver a dejar de estar solo. Su soledad, la que había adquirido voluntariamente, su retiro racional del resto de sus iguales, iba a quedarse atrás. Jon sabía que en algún momento eso ocurriría, pero pensaba que él sería el que decidiera cuándo. Pero todo había cambiado, y Jon sabía que no podía hacer nada más que aceptarlo. Ni siquiera resignarse, puesto que no podía ocultar que un escalofrío había cruzado su espalda al reconocer a Helena en la hormiga que hacía señas al otro lado del río. Se preguntó si estaba preparado. Se respondió que para Helena no necesitaba preparación. Era ella.

Hasta que no se acercó la hora de la cena, no dejó de hacer conjeturas sobre el motivo de su visita, de qué le había hecho buscarle en Islandia, de qué debía decir, de qué razones debía darle para su viaje. Cuando se acercó la hora, solo buscaba a alguien en las calles desiertas del pueblo que le dijera dónde estaba el hotel.

Llegó a tiempo. Una casa blanca en la orilla del lago por el que era famoso el pueblo, con un pequeño vestíbulo junto a la entrada en el que había que dejar los zapatos antes de pasar al comedor. Se alegró de haberse duchado. Se dirigió al restaurante del hotel.

Y allí estaba.

Helena, vestida de blanco, leyendo un libro sentada a la mesa, dando sorbos de vez en cuando al vaso con agua que tenía frente a ella. No era capaz de perder el tiempo, de dejarse llevar. Odiaba que la hicieran esperar. Jon comprobó en su reloj que aún no eran siquiera las ocho. Respiró. Fue consciente de que respiró. Se acercó lentamente, ella le miró por encima del libro, lo cerró inmediatamente, y por fin él pudo ver su sonrisa.

—Hola…

Ella le abrazó. Y él se sintió en casa.

Cuando se separaron, él habló.

—Supongo que la pregunta es obvia… ¿Qué haces aquí?

Ella le miró con tristeza, le acarició la mejilla, y le pidió que se sentara. Solo cuando ambos se habían sentado, ella habló:

—Jon, tu padre ha muerto.

Silencio. Telón.

—Murió cinco días atrás. Hemos intentado localizarte por teléfono, por mail, llamando a montones de moteles y hoteles, siguiéndote la pista… Pero enseguida nos dimos cuenta de que la mejor manera era venir a buscarte aquí. Y no quería decírtelo por teléfono, no quería dejarte un recado. Quería estar a tu lado cuando te lo dijera, por eso he venido hasta aquí.

Jon nunca había tenido buena relación con su padre. Desde que había cambiado su vida por la de Madrid, apenas se veían algunos fines de semana sueltos. De vez en cuando había llamadas, pero nunca duraban más de cinco minutos. Ambos no habían conseguido superar, durante los primeros meses, la muerte de la madre de Jon, hasta que él decidió que no quería hundirse allí también. Intentó que su padre le acompañara, pero su tristeza se había convertido en distancia, y llegó el momento en que nada que no fuera agrio salía de su boca. Jon siguió otro camino, nada más. Pero seguía siendo su padre.

La última conversación fue al informarle que iba a viajar. Se había despedido e iba a viajar. Simplemente le informó, no le pidió consejo, no le pidió ayuda. Solamente quería que él lo supiera, solo por si pasaba algo. Solo por si algo ocurría.

—¿Cómo ha ocurrido?

—Simplemente pasó, Jon. No sufrió. Un ataque en la calle, casi fulminante. Cuando llegó la ambulancia, solo pudieron certificar la muerte. Solo había salido a pasear.

—Entiendo.

Pero no entendía nada. Jon sintió cómo un cabello de la sien se le tornaba blanco. Quizá su padre no fuera una buena referencia, pero era su referencia. Ahora Jon se había quedado sin nada a lo que agarrarse cuando vinieran mal dadas. Ahora era él el que tendría que ser referencia, si es que llegaba en algún momento a conseguirlo. Se le habían acabado los parámetros de comparación, desde ese momento debía partir de cero. Hacía solo media hora, dudaba si estaba preparado para salir de su soledad, y en ese momento dudaba si alguna vez había estado más solo.

Helena hizo un mohín, se levantó de su silla y le abrazó por la espalda. Le besó en la nuca, un beso rápido, lo importante era el abrazo. Jon no lloró. Por un momento dejó de sentir nada. Simplemente las cosas sucedieron. ¿Acaso tenía la posibilidad de evitarlo? Helena le liberó del abrazo, y Jon deseó que no se hubiera separado nunca. Ahora se daba cuenta de lo que era ella.

Helena le preguntó cómo se sentía, le dejó hablar, y también le cortó cuando supo que lo que Jon iba a decirle no iba a ayudarle. Le cogió la mano siempre que lo necesitó y pidió el plato adecuado para que él no tuviera que preocuparse. Decidió tomar un vino chileno sin siquiera consultarle. Fue ágil, certera, decidida. Solo tenía en mente que Jon sintiera el apoyo, y lo consiguió. Jon supo que nunca había dejado de quererle. Que nunca habían dejado de amarse.

Le explicó cómo supo ella la noticia, cómo se había sentido su tía Angélica, cómo aún ella creía que estaban juntos, aunque con tantas cosas en la cabeza se le olvidó disculparse, cómo le había seguido la pista, siempre un paso por detrás, por su recorrido en Islandia.

—Ahora sé más de este país que de cualquier otro. Es como si te hubiera acompañado en cada uno de los sitios en los que has estado.

—Ojalá lo hubieras hecho.

Tuvo un último reproche hacia su padre, no dejarle disfrutar de aquella cena junto a Helena pero, antes de dejarle marchar, entendió que sin él ella nunca hubiera volado a Islandia. Y entonces, sí, le dejó partir.

A pesar de todos los cambios y emociones del día, Jon no perdió el apetito. Se sentía culpable por comer tras recibir una noticia así, pero no podía luchar contra ello. Quizás no lo hubiera asimilado, quizás fuera más fuerte de lo que pensaba. La cena no fue exquisita, pero Jon supo que era el día que mejor había comido desde que había dejado Madrid. Estaba seguro de que Helena no había elegido el sitio al azar.

—Seguro que no te has dado cuenta, pero llevas silbando la misma canción todo el rato.

—¿Ah, sí? ¿Ahora también?

—¿Ya venías silbándola de antes?

—Bueno, esta mañana me he levantado con esa canción, y sé que esta mañana la he estado silbando, pero no sabía que aún seguía con ella. Perdona, es sin querer.

—No te preocupes, no me molesta. Además, tengo una teoría.

—Cierto. Helena siempre tiene una teoría. —Consiguió que ella sonriera.

—Puede ser... pero esta creo que es buena.

—Adelante entonces.

—Creo que las canciones son parte de nuestra vida. Canalizan muchas de nuestras emociones, y nos vemos reflejados en ellas, identificados.

—Hasta aquí te sigo.

—Por eso a veces nos hablan de las cosas que sentimos, pero no sabemos cómo expresarlas. Nos hablan en un lenguaje que entendemos, porque esa emoción está registrada de esa manera en nuestro cerebro, o alma, o lo que sea.

—Cuéntamelo de otra manera.

—Si tú silbas una canción, es porque quedó registrada en tu memoria con la etiqueta de una emoción, la que sea, y ahora, por el motivo que sea, necesitas de nuevo esa emoción.

—¿Una especie de alerta o aviso?

—El motivo supongo que solo lo sabrás tú, quizá sea para estar alerta, para recordarte algo o únicamente para revivir dicha emoción.

—Dame un ejemplo.

—Hum... vale, pero esto es muy personal.

—No te preocupes, los islandeses no nos entienden. —Consiguió que ella volviera a sonreír.

—Recuerdo una pelea que tuvimos al comienzo de nuestra relación. No quisiera recuerdo el tema por el que nos enfadamos, no tiene demasiada importancia. Pero recuerdo cuando te fuiste, solo veía tu espalda alejarse. Y en mi cabeza solo sonaba "Total eclipse of the heart", de Bonnie Tyler.

—La conozco.

—Machaconamente, solo se repetía en mi cabeza esa frase: *Total eclipse of the heart, total eclipse of the heart.* La canción puso palabras a mi sentimiento, a que aquello me importaba, a que nada me dolía más que ver cómo te alejabas, que aquello solo conseguía un eclipse total en mi corazón. Supongo que es lo más cursi que has oído en mucho tiempo, de hecho ahora estoy muerta de vergüenza, pero aquella canción, la voz de rota de Bonnie Tyler me enseñó cómo me sentía de verdad.

Jon estaba sorprendido. Sabía que Helena era valiente, pero no sabía cuánto. Sabía que Helena era intuitiva, pero no sabía cuánto. Creyó que había olvidado lo que sentía por Helena, pero ahora sabía cuánto había hecho por echar tierra encima, tratar de tapar todo lo que ella le aportaba. Supuso que fue por miedo, por despecho, por orgullo, por no supo cuántas tonterías más.

—Sigue, por favor.

—Y... bueno, supongo que si eso me ocurrió a mí, puede ser útil también para ti... ¿Sabes qué canción llevas silbando todo el día?

—He intentado recordar... pero no lo consigo.

—Sílbala otra vez para mí.

—Tatitoo, titoooo, titotatooo...

—Tatitoo, titoooo, titotatooo.

—Tatitoo, titoooo, titotatooo...

—Oh brother I can´t I can´t get through...

—...

—"Talk", de Coldplay.

—¿Coldplay? ¿¿Llevo todo el día silbando Coldplay??

—¡Bueno, no es un crimen! Recuerda que yo tenía en la cabeza a Bonnie Tyler. Además, Coldplay tienen buenas canciones. "Yellow", "Green Eyes"...

—Sí, las que tienen colores, ¿pero "Talk"? ¿De qué disco es?

—Del *X&Y*.

—¡Madre mía!

—Bueno, ¿eso qué importa? Lo que importa es la canción. ¿Cuáles son las palabras que te salen de la canción? Haz el esfuerzo.

—Tatitoo, titoooo, titotatooo... *Are you lost or incomplete?*

—Are you lost or incomplete?
—¿Estás perdido o incompleto?
Jon se encontró con la mirada de Helena en Akureyri.

....

No puede dormir. Se despierta en mitad de la noche, y Helena respira rítmicamente a su lado, con los ojos cerrados y una sonrisa de paz. La habitación en silencio, el viento ululando en el exterior. La luz reflejada en la luna juega con el movimiento de las ramas, inundando la estancia de sombras chinescas, que baten rítmicamente. Jon recuerda el dibujante del metro de Nueva York. Recuerda la historia y cree discernir qué es lo que hizo que aquella imagen se quedara en su memoria. Era aquella seguridad al rechazar al otro. Aquella mujer le ofrecía dinero, le suplicaba por aquel dibujo, pero el hombre de los lápices no dejó de negarse. Impávido, tranquilo, seguro. Había hecho aquel primer dibujo para su cliente, y el segundo se quedaría en su carpeta. Simplemente porque lo quería, porque era para él. Aquel hombre sabía lo que quería, y nada iba a impedirle ser consciente de sí mismo. Nada, porque estaba haciendo lo correcto, nada, porque estaba defendiendo lo suyo, su idea, su esencia. ¿Qué le importaba la felicidad de aquella otra viajera, si pensaba que ya había cumplido con ella? ¿Qué importancia podrían tener unos billetes más en el bolsillo de su abrigo? ¿Qué valor podrían tener las miradas inquisitorias del resto de viajeros? Él era su idea, y era él por encima de todo. No renunciaría por nada a aquello que más valor tenía para él. No renunciaba a ser sí mismo. Justo lo que Jon olvidó una vez. Justo a lo que Jon renunció.

Jon sabe que será otra noche de esas.

10

No alarms and no surprises.

"No surprises"
Radiohead

—Tengo una teoría —dijo Helena, tumbada sobre la cama, con el codo sobre la almohada.

—Helena siempre tiene una teoría.

—Tengo la teoría de que todos forjamos nuestra personalidad basados en los hechos concretos que nos suceden. Y uno de ellos, uno realmente importante, es el primer momento en el que nos sentimos deseados, en el que percibimos claramente el deseo de otro por nosotros. Ese momento rige el resto de nuestros actos en la seducción. Si, por un casual, percibes que la primera vez que te sientes deseado por otra persona es a causa de tus ojos, siempre darás importancia a los ojos, a la mirada. Si, por ejemplo, una chica se siente por primera vez deseada por vestir provocativamente, siempre que quiera sentirse deseada vestirá de la misma manera. Queda tan impreso en nuestra memoria que no se borrará nunca. Tal vez no nos demos cuenta, tal vez lo hagamos de manera inconsciente, pero es algo que no podemos evitar. Y a ti, Jon, la primera vez que te desearon estabas triste.

....

¿Qué había pasado aquella noche? Helena y Jon encontraron la mirada del otro y recordaron cómo se sentían en aquellos días en que estaban juntos y parecían solo uno. La cena se alargó más allá de los platos y el postre, más allá de lo que los camareros hubieron deseado. Jon lloró por su padre, se sintió tan lejos que quiso pensar que le había abandonado, y al poco también pensó que había sido él quien le había abandonado. Le confesó a Helena durante el segundo plato que, de volver atrás, hubiera hecho las cosas de otra manera, le advirtió en el café que no hubiera cambiado nada de lo que había pasado entre ambos. Supo que, al no ver el cuerpo de su padre en un féretro, solo le quedaría su vacío al volver a casa, aquella casa que en ese preciso instante estaba completamente vacía. Buscó su último recuerdo, una breve conversación telefónica, la última vez que le vio, durmiendo la siesta en el sofá, Jon no se había atrevido a despertarlo al partir de nuevo a Madrid para comenzar la semana de trabajo. ¿Cuánto hacía de aquello? ¿Cuatro semanas? ¿Cinco? ¿Una vida?

Helena le escuchó cuando Jon lo necesitó, le sonrió cuando él lo anhelaba, le cogió la mano cuando tamborileaba nervioso con los dedos. Jon percibió también en Helena un cambio, un corte de pelo, una sonrisa más espontánea, unas miradas ligeramente más naturales. Jon supo que Helena también había cambiado.

El camarero jefe les dijo, avergonzado, que debía cerrar el restaurante, y ambos dividieron la cuenta entre dos sin que ninguno se ofreciera a pagar la mitad del otro, la comodidad de los viejos zapatos que siempre se ajustan perfectamente.

Helena había reservado una habitación en el hotel, y le pidió cuidar de él esa noche. "Quédate. No quiero que estés solo en esta noche". Jon no opuso resistencia, el día había sido largo, y tantas emociones le habían agotado. Su casa de huéspedes quedaba lejos, y no se sintió con fuerzas para decirle que no a Helena. Cayó rendido en la cama y se durmió instantáneamente, sin siquiera sentir cómo ella pasó la mano por su pelo. Helena le acarició la cabeza, le besó la frente, le arropó. La noche era fría, pero por suerte ella contaba con su calor.

....

Helena seguía hablando.

—¿Sabes lo que no me gusta? Las sorpresas. Odio que alguien me sorprenda, me coja de improvisto, porque no sé cómo reaccionar. Me sucede lo mismo con los regalos, no sé qué cara poner. Empiezo a pensar qué es lo que espera el otro que diga o haga, y no sé fingir si un regalo no me gusta. Si no me gusta, suelo dar rápidamente un abrazo al que me lo regala para que no me vea la cara, para ganar un pequeño tiempo de reacción, poder tener unos segundos y recuperar la compostura.

—Entonces aquel abrigo…

—No, aquel abrigo me encantó, el abrazo no fueron unos segundos. ¡Creo que te abracé toda la tarde!

— :)

—Como te decía, no me gustan las sorpresas. Prefiero la rutina repetitiva y ser yo la que controle cualquier posible cambio. Recuerdo que me encantaba cuando, después de hacer el amor, lo primero que me preguntabas era qué tal estaba yo. Te quedabas a mi lado, sin irte a ningún lado, tratando de recuperar el ritmo normal de la respiración, sin moverte, hasta que podías hablar y me preguntabas cómo estaba. Me encantaba saber que no te ibas a ningún lado, que te quedabas a mi lado. Era el momento que más cerca te sentía, mucho más que segundos antes, cuando estabas dentro de mí. Aquel era mi momento, mi éxtasis. Sin alarmas, sin sorpresas. Aquel era mi momento. Hasta que dejaste de hacerlo. Llegó el momento en el que dejaste de hacerlo; terminabas y te ibas de mi lado, aunque fuera al otro lado de la cama, aunque solo fueran unos centímetros, pero para mí era el otro lado del mundo. Tus primeras palabras no eran para mí, nada tenían que ver conmigo. No digo que aquello fuera culpa tuya, aquello era de ambos, pero aquel momento mágico había dejado de existir. Y me di cuenta de que todo estaba derrumbándose. No sabía cuándo había empezado, pero todo estaba derrumbándose a nuestro alrededor.

—Y yo no hice nada.

—Ninguno hicimos nada. Yo ni siquiera te lo había contado hasta ahora. Pero es que no hablábamos, Jon. No hablábamos. Nunca hablábamos de nosotros. Arreglamos el mundo un millón de veces, pero nunca hablábamos de nuestro mundo. Yo no sabía qué necesitabas, tú no sabías qué buscaba yo. De alguna manera, no nos conocíamos.

—Nunca hablamos.

—Yo podía imaginar qué sentías, pero... es tan diferente a saberlo, a escucharlo de ti.

—Yo... Yo tenía el corazón lleno como un vertedero, un trabajo que lentamente me mataba. Una vida que me atrapaba, a veces tenía dificultades para respirar. Y nunca te lo dije. No era capaz de salir de aquello, de buscarme una salida.

—Ahora lo sé.

—¿Y a partir de ahora?

—Tendremos una vida tranquila.

—Una vida tranquila. ¿Eso es todo lo que quieres? ¿Es lo que siempre has querido?

—Una bonita casa, un bonito jardín. Simplemente.

—Simplemente.

—¿Y tú? ¿Qué es lo que quieres?

—Me gustaría dejar de matar el tiempo y empezar a vivir.

—Tendremos una vida tranquila. Es lo que queremos.

—Tendremos una vida tranquila. Sin sustos ni sorpresas.

....

Helena es la que primero se despierta. Jon sigue a su lado, puede escuchar su respiración lenta, rítmica. Su pecho se hincha y deshincha, y cada respiración hace que gire el mundo. Helena solo desearía tener café, y despertar a Jon con su aroma. Sabe que le encanta.

Comienza a acariciarle la oreja con su índice. Tiene tanto que contarle.

....

—Veo que te has movido mucho por el país. Antes costaba más que te decidieras.

—¿Tú crees?

—Sí, antes había que arrastrarte a todo, había que darte mil detalles, gastaba un montón de energía en que te involucraras en las decisiones. Y ahora... te veo elegir destinos con una soltura...

—Sí, quizás sea cierto... A lo mejor me he olvidado de...

—¿De qué, Jon?

—De... ya sabes... esa cosa... Esa sustancia pegajosa...

—¿Pegajosa? ¿De qué me hablas?

—Sí, que es como la miel... que no te deja moverte... La tengo en la punta de la lengua... ¡No consigo acordarme!

—¿Para qué quieres recordar una palabra que has olvidado? ¿No será mejor dejarla allá donde esté?

Jon cerró la mano que había permanecido abierta, intentado encontrar. Después, trató de borrar de su memoria todos los métodos que había aprendido de recordar una palabra, una idea, cuando estaba alojada justo en la punta de la lengua. Y luego hizo un esfuerzo por registrar aquel momento exacto, en el que, definitivamente, no sintió aquella palabra.

....

—¿Sabes qué es lo malo de caminar junto a alguien?

—¿Caminar junto a alguien tiene algo de malo?

—Bueno, sobre todo tiene partes buenas, eso no te lo voy a negar. Pero he descubierto que hay algo de malo.

—Ilústrame.

—No te rías, Jon, te hablo en serio.

—Lo sé, perdona.

—Lo mejor de caminar junto a alguien es que compartes la visión. Ambos van en la misma dirección, con el mismo objetivo frente a ellos, haciendo juntos el camino, apoyándose. Y lo mejor es que ambos deciden ese camino.

—Cierto.

—Eso es genial. Lo mejor. Pero cuando caminas junto a alguien, no le tienes enfrente, no le ves. Dejas de tenerle en tu visión, en tu punto de vista. Has pasado a compartir el punto de vista con el otro, pero a la vez dejas de tenerle enfrente.

—¿Qué quieres decir?

—Jon, llegó un momento en el que te olvidaste de que estaba allí. Te olvidaste de lo que necesitaba, de que tu objetivo era yo. No me mirabas, solo me pedías ayuda para llegar adonde fuera.

—Pero… ¿no consiste todo esto en ser uno?

—Claro que sí, pero… Jon, yo necesitaba algo más. Me separé, me puse frente a ti, y no supiste mirarme. No me buscaste, no conseguías verme. Cada día que pasaba era más pequeña, y terminé por ser completamente invisible. Te pedía ayuda, te rogaba que me vieras, que me amaras, que me lucharas. Quería sentirme observada, deseada. Y tú solo me mirabas desde la distancia, impávido. Si intentabas andar, lo hacías en otra dirección.

—Estaba solo para mí.

—Y yo tampoco te lo puse fácil.

—¿Sabes la única palabra que se me ocurre al hablar de todo esto? ¿La única palabra que viene a mi mente? Desamparo. Desamparo.

—Eso es exactamente lo que sentía.

—Y eso es exactamente cómo yo también me he sentido en Islandia, Helena. Por eso sé de qué me hablas.

—¿Te has sentido solo aquí?

—Creía que lo que quería era escapar, y lo único que quería era ser rescatado. Ahora sé que no hice todo lo que pude. Ahora sé que no podía conformarme con lo que teníamos entre nosotros. Ahora entiendo que solo he vivido a medias, que no he hecho aparecer la mayoría de mis estrellas, que no he escrito todo lo que tenía en el corazón. Y que no estoy solo, que todo ha conseguido afectarte a ti.

—No es que me afectara, Jon. Es que me dolía como si fuera yo.

—¿Y me crees capaz?

—¿De qué?

—¿Helena, me crees capaz? ¿Crees que tengo algo más?

—Si no lo creyera, ¿qué iba a hacer yo en un pueblo impronunciable del norte de Islandia? ¿Acaso recuerdas que tuviera yo unas botas de montaña?

Jon sonrió. Debía de ser aquel chubasquero la novedad que había visto en Helena. O quizás solo fuera una novedad más, al fin y al cabo.

—¿Sabes? Aún queda una parte de la isla por ver. Y yo también tengo una teoría.

—Ilumíname, Jon.

—Puñal recibido y merecido. Si fuera cantante, por ejemplo, preferiría mil veces salir de gira con un grupo que ir yo solo. Ir solo debe de tener un punto interesante… No te tienes que dividir las fans a la puerta del hotel o los aplausos…

—… Claro, claro…

—... Pero seguramente en un grupo vivas los momentos de una manera más brutal. Si llenas un estadio en una ciudad en la que nunca has estado, debe de ser la bomba. Pero mirar a tu derecha y a tu izquierda y encontrarte a tus amigos para compartirlo tiene que ser algo insuperable.

—Menuda teoría de mierda.

—Gracias...

—Jon, ¿quieres decirme algo?

—Sí, que te pongas ese chubasquero nuevo y nos pongamos en marcha, que aún nos quedan unas horas de luz para ver esta isla.

—¡A sus órdenes!

....

Jon sintió su dedo recorriendo los pliegues de la oreja. Se hizo el dormido durante unos minutos, disfrutando del pequeño placer de ser despertado por ella.

Poco a poco fue simulando que se despertaba, que abría los ojos, que aún no era consciente de dónde estaba. Ella hizo por creerse su historia, darle ese pequeño placer, hasta que decidió que debían empezar a hablar. Tenía muchas teorías que contarle.

11

Once I wanted to be the greatest.

"The greatest"
Catpower

Incluso el sándwich de pepino de desayuno sabe sabroso junto a Helena.

Tuvo que hacer un hueco en el maletero; Helena también había traído su mochila, aunque no tan grande como la de Jon. Tuvo intención de preguntarle para cuántos días había traído ropa, pero decidió que aquello no era lo importante. Helena estaba de vuelta en su vida, había llegado para quedarse, fueran donde fueran.

Él se puso al volante, ella de copiloto. No dejó de hablar. Le habló de la Blue Lagoon, de la noche en el glaciar, del lago de iceberg del Sur, de las carreteras de tierra, del concierto en Reykiavik, le habló de la casa roja de Isafjoldur. Ella escuchaba entusiasmada, aunque le reprochó no tener fotos de todo aquello. "¿Cómo me voy a hacer una idea si no tienes ni una foto?". Jon le volvió a contar su teoría sobre las fotos, que ella ya sabía de memoria, pero que le encantaba escuchar. Volvía a poder escucharle. Helena le preguntó por su padre, por cómo se encontraba por dentro, por si creía que aún se podía hacer algo. Él se sintió culpable por no sentirse más dolido, por no sentir la pérdida más cercana al corazón. Ellos se habían distanciado, pero nunca habían dejado de ser padre e hijo. Jon quiso aparcar el tema "al menos hasta que volvamos a Madrid".

—Pero... ¿vas a volver a Madrid?

—¡Claro!

—¿Y cuándo tienes pensado hacerlo?

—No lo sé...

—Yo he traído maleta para dos o tres días, pero supuse que volvería sola y te dejaría aquí.

—No podría. Además... ¿qué pensaría la gente? ¡Bueno, seguro que ya tienen mil teorías y ninguna buena sobre mi ausencia en el funeral, seguro! Me imagino a los vecinos cuchicheando a todos los que quisieran escucharles que últimamente ya veían ellos que no pasaba mucho por casa.

—Se portaron fenomenal, Jon. Se hicieron cargo de todo.

—Lo sé, me lo has dicho, lo siento. Supongo que necesito quitarle hierro. ¿Podríamos no volver a hablar del tema hasta que volvamos a casa?

—¿Y cuándo será eso?

—Pronto. Quizá sea ya el momento de volver. Islandia está cumpliendo su papel a la perfección.

—¿Entonces volverás conmigo?

—Ya he vuelto contigo.

—A Madrid, tonto, a Madrid.

—Antes de eso deberíamos saber dónde estamos. Llevamos dos horas conduciendo, y no tengo ni idea de adónde vamos.

—Creía que sabías adónde íbamos.

—Y yo creía que tú seguías nuestro recorrido en el mapa.

—¿Desde cuándo tengo cara de GPS?

—Perdidos en Islandia.

—Perdidos en Islandia.

—¿Qué te parece si preguntamos en el siguiente pueblo? Tampoco nos vendrá mal descansar un poco.

—Hecho. A ver si nos encontramos.

Un pueblo con apenas unas pocas casas dispersas, de chapa para resistir el viento del invierno y la lluvia de casi cada día. Los colores de las paredes eran vivos, pero la actitud era sombría. Los habitantes que paseaban por las calles, escasos, llevaban un clásico jersey islandés de lana, con un dibujo entrelazado colgando desde los hombros. Caminaban despacio, sin importarles el frío, con la mirada en el suelo o perdida, buscando un futuro que no conseguían desentrañar. Encontraron un pequeño café donde tomar algo. Interior de madera, apenas dos o tres parroquianos disfrutando de una bebida caliente de medio día.

—Un café y un té, por favor.

Asentimiento de cabeza del camarero.

—Por favor… ¿puede indicarnos dónde estamos?

—Karahnjukar.

—¿Kalanjoar?

—Karahnjukar, Karahnjukar.

—Karahnjukar.

—Sí —respondió una voz angosta desde una mesa del fondo—, Karahnjukar. Pero si les cuesta, pueden llamarlo "el infierno".

Jon y Helena se miraron; aquel anciano hablaba desde la autoridad de sus años, pero con un no disimulado rencor. "Acercaros, sed por favor mis invitados". Apenas tuvieron opción de rechazar la invitación, pues el camarero ya había servido el café y el té, humeantes en sus tazas de porcelana, en la mesa del fondo. Aquel hombre hizo un gesto de agradecimiento con la cabeza al camarero.

"Me llamo Omar. Omar Ragnarsson. He vivido toda mi vida aquí. Karahnjukar siempre ha sido un pueblo tranquilo, bendecido por los dioses. Éramos un pueblo trabajador que basaba su economía en la agricultura, en las salidas del sol, en los vientos, en las lluvias. Nadie recuerda nada que fuera diferente de sembrar, arar, recoger. Nadie necesita saber nada del resto del mundo, hasta que alguien nombró a Alcoa. Teníamos algunos problemas, como cualquier comunidad, pero podemos decir que la vida era casi idílica hasta que los americanos llegaron aquí. Desde entonces Karahnjukar es un pueblo más unido, pero porque tenemos un enemigo común. La presa.

"Alcoa es una de las grandes empresas americanas del aluminio, seguro que la conocéis. Esta empresa planificó una planta de fundición a pocos kilómetros de aquí, pero, para que funcione, necesitaba energía. Mucha energía. La maquinaria de una fundición es más grande que la de cualquier otra industria. Y la energía la debía recibir de un salto de agua, de una central hidroeléctrica. Y para ello necesitaban de una presa. En Islandia no hay presas, no hay diques. Así que se decidió construir un dique de una altura similar a un edificio de cincuenta y cinco plantas. Cincuenta y cinco plantas. En Islandia no hay edificios que lleguen siquiera a un tercio de esa altura. Este gigantesco dique creó un embalse de agua del tamaño de Manhattan. Manhattan inundado en Islandia. Islandia era un paraíso virgen hasta que llegó la gran empresa. El problema no es el coste que ha tenido la presa, un tercio del presupuesto anual del país, ya no es solo eso, sino el daño irreparable que estamos haciendo a nuestra tierra. Hasta ese momento nos respetábamos mutuamente. Sé que en otros países, seguramente en el vuestro, es habitual exigir a la tierra más de lo que se necesita; se crean demasiadas carreteras, demasiadas presas, demasiados puentes, demasiados túneles. Pero aquí no es así. Aquí somos un pueblo que respeta la tierra, que únicamente coge lo que necesita. Aprendimos de la deforestación que hicieron los primeros habitantes, y desde entonces el pueblo aprendió a cuidar de su tierra al ver que no había árboles en toda la isla, un símbolo de que el egoísmo puede llegar a matarnos. No somos ricos, pero somos respetuosos con lo que tenemos. O, al menos, lo éramos. Ahora este pueblo, que antes solo era conocido por ser una parada en el camino Norte hacia el gran glaciar, está en boca de todos los islandeses, enfrentándonos unos con otros, a favor o en contra de la gran presa. Y no es eso lo que queremos.

"No encontraréis a nadie de este pueblo que esté a favor de la presa. Sí, es cierto, ha habido más trabajo. Sí, es cierto, hemos visto cosas que nunca hubiéramos imaginado. La presa es tan especial que han venido personas de todo el mundo para estudiarla, para investigarla. A pesar de todo, no encontraréis a nadie que se sienta orgulloso de la presa. Por eso he cambiado el nombre por el de 'infierno'. Nadie está orgulloso de pertenecer al infierno, pero nadie puede escapar. Esta es nuestra tierra, nuestras raíces, y seguiremos viviendo aquí, pase lo que pase.

"Durante muchos años, muchos luchamos para no construir la presa. Queríamos la tierra como estaba, sin necesidad de que nadie nos dijera qué debíamos hacer con ella. Hubo muchas manifestaciones, y tuve la suerte de ser el representante de algunos grupos. Tratamos de hacerle entender al gobierno el error al que estábamos dando paso, la brecha histórica que estábamos permitiendo. Porque… una vez abierta la tierra, ¿quién iba a prohibir que pudiera volver a abrirse?

"Todo fue en vano. Tratamos de hacerles entender, pero debíamos haber presionado. Debíamos haber extendido la lucha en el tiempo, hasta llegar a las nuevas elecciones. Teníamos que haber involucrado a organizaciones internacionales para conseguir más repercusión mundial. El que vosotros no sepáis nada acerca del tema me hace ver que fracasamos.

"Mirar hacia atrás no sirve de nada. Quiero que Islandia aprenda de los errores de otros países. La tierra no es mía, ni tuya, ni tuya; estamos aquí de paso y, cuantas menos brechas dejemos en su cara cuando nos retiremos, mejor. ¿Quién me da a mí el derecho de crear una presa en mitad de la isla? ¿Tengo derecho por ser el jefe del gobierno? Yo creo que no, que el derecho de actuar sobre la tierra de esta manera excede con mucho el poder político en un determinado momento. El gobierno en Islandia se elige cada cuatro años. ¿Simplemente por estar esos años gobernando el país puedes perpetrar cualquier atrocidad que vaya a mantenerse en la isla por miles de años? Yo digo rotundamente que no. Y la tierra no tiene manera de defenderse, no tiene voz que sea audible. Y quiero darle esa voz".

—¿Desde cuándo funciona la presa?

—Hace ya dos años que se puso en marcha.

—Y… ¿aún tiene sentido la lucha?

—No has escuchado nada de lo que he dicho, ¿verdad? La presa está construida, ¿y por eso ya debemos dejar de luchar? ¿Sigo en pie?

—¿Cómo?

—¿Me ves? ¿Sigo en pie?

—Sí.

—Entonces la lucha no ha terminado. Los diques se crean y se destruyen, las presas se llenan y se vacían, los túneles se excavan y se rellenan. Nada es irreversible hasta que uno cae, y desde luego, mejor caer en la lucha que vivir avergonzado.

Omar se sentía desposeído, engañado, y su voz dejaba transmitir su emoción. No hacía nada por disimular su rencor, y a su edad no tenía por qué hacerlo. Jon y Helena disfrutaban del relato, que era completamente sincero. Les narró Omar sus luchas, sus manifestaciones, sus artículos en los diarios islandeses, sus sentadas en la capital. Demostraba pasión en cada una de sus narraciones, en cada uno de sus relatos, reviviendo cada uno de aquellos momentos. En ningún caso Omar tuvo el más mínimo interés en preguntarle quiénes eran o de dónde venían, si acaso les podría interesar lo que tenía que contarles. Omar relataba su historia, sus preocupaciones, el estado actual de la presa, pero en ningún momento hizo ninguna pregunta.

—Ahora vivo en la presa. Tengo un pequeño barco en el que vivo como protesta, como un símbolo. Por ese motivo algunos me llaman Noé. No me importa, si ello va a hacernos más fuertes. Mi objetivo es llamar la atención, conseguir que se drene la presa, derribar el dique... Pero sé que es un ideal demasiado ambicioso. Tengo ideas alternativas. Mantener el dique como un símbolo del error humano, y de la posibilidad de redención. Hacer una colecta de nivel mundial para otorgar una indemnización a Alcoa por quedarnos su presa. Tengo mil ideas en la cabeza, tengo todo el tiempo del mundo para pensar.

—¿Qué es lo que hace aquí?

—Vengo a medio día y a media tarde. La lucha continúa, pero también tengo derecho a reunirme con mis compañeros en el bar, ¿verdad?

—¿Qué compañeros?

Omar dio un sorbo largo a su taza. No respondió. Se quedó en silencio, apagado, encogido. Jon y Helena esperaron una respuesta, pero Omar se dirigió al camarero.

—Ya se marchan, no les cobres, ponlo por favor en mi cuenta.

Ambos se levantaron de sus sillas, pensaron en despedirse, estrechar la mano de Noé, pero su mirada ya no estaba con ellos, y solo se exponían a un desaire por su parte. El camarero les saludó con la mano, con condescendencia. Una vez fuera, en la calle, ambos se metieron las manos en los bolsillos, expectantes.

—¿Qué ha pasado ahí dentro?

—Supongo que una pregunta inadecuada.

—Supongo.

—No lo sé, pero quiero ver ese embalse. ¿Qué te parece?

—Estaré encantada de acompañarte.

Condujeron hasta el embalse, una carretera de tierra por laderas de piedra negra, de musgos, de verde hierba que ascendía por las montañas hasta las mesetas inmensas. Ni un solo árbol, como Omar les había dicho, gracias a la avaricia de los primeros habitantes, una lección bastante fácil de comprender. Para Helena el paisaje era como un preestreno, una primera mirada, todo le encantaba. La isla en coche era diferente, era nueva. Y Helena no dejó de mostrar su entusiasmo en ningún momento, señalando a través de las ventanillas y alabando cualquier pico especial o cualquier pequeña construcción. Jon sintió que era un nuevo viaje. Y le gustaba.

....

En la ladera de la montaña, aún se encontraba nieve del invierno anterior, que no se había fundido. Pudieron leer, con grandes letras negras sobre el fondo níveo sobre el fondo pétreo, *STOP ALCOA*. Restos de la protesta, huellas del fracaso.

El dique era inmenso. Ni Helena ni Jon sabían calcular si aquello medía como un edificio de cincuenta y cinco plantas, como les había dicho Omar, pero jamás pensaron que algo tan grande podría existir. Aquello era algo que rompía el paisaje, a pesar de que las montañas que unían el dique al mundo real ya mostraban heridas de la guerra contra el hombre. Una carretera discurría por el borde del dique, y los coches que pasaban por ella se veían diminutos, viajando a una velocidad ridícula desde la posición de Jon y Helena. Y allí, al fondo, el mar entre las montañas. Un valle inmenso bajo el agua. Aquellas paradojas eran aceptables en cualquier otro país, pero no para Islandia, no para ese valle. Y sobre el agua, una pequeña embarcación, diminuta comparada con el tamaño del dique o del embalse, frágil, a merced de los vientos o el azote de las olas o de la lluvia. Debía de ser aquella la casa de Omar, los restos del naufragio.

Tristeza. Solo faltaba una nube descargando lluvia en cada una de las letras. Tristeza.

En uno de los claros junto a la ladera de una de las montañas que circundaban el embalse, descubrieron un grupo numeroso de personas, veinte o veinticinco, algo inusitado para las laderas de los embalses islandeses. Helena creyó distinguir que algunos de ellos tenían instrumentos en las manos, parecían preparar un pequeño concierto, así que la curiosidad les invitó a caminar hacia el lugar donde se encontraba el grupo. El sol brillaba en lo alto, pero el viento no les permitía olvidarse del frío, por ello se sorprendieron de que algunos del grupo de personas fueran en manga corta.

Jon, tras preguntar a alguno de los que estaban en las primeras filas para ver el espectáculo, se giró hacia Helena para pronunciar dos palabras. Sigur Ros. Helena le miró con la misma cara que pone cuando cree que quien le habla ha aprendido islandés en los últimos dos minutos.

Sigur Ros, los dueños de vonlenska, los músicos más respetados de Islandia junto a Björk, preparando ellos mismos sus instrumentos para dar un concierto en mitad de la nada, con solo un puñado de personas como público. Jon estaba entusiasmado, Helena tuvo que esperar a que Jon le dijera quiénes eran aquellos Sigur Ros para demostrar al menos una cordial sonrisa. Jon apremió a quedarse, habló con la gente del público, que le preguntaban por su camiseta de fútbol. Helena se sorprendía al verlos relajados en presencia de aquellas supuestas estrellas musicales, muchos habían traído sillas plegables, disfrutaban cómodamente de los preparativos. Aquellos que no tenían sillas jugaban con los niños o con el perro, se sentaban sobre la hierba verde. Debían de ser los músicos más democráticos del mundo.

No había escenario, no había electricidad, solo un xilófono, unas guitarras acústicas, un piano corto de madera, un contrabajo, un par de violines. Jon y Helena esperaron con excitación el momento en el que empezaran a tocar, debatían sobre si era el lugar adecuado, sobre si el viento permitiría que se escuchara la música. Preguntaron por qué no preparaban unos altavoces a cualquiera que quiso escucharles, hasta que alguien les dijo que estaban protestando por el maldito dique. Y que no tendría sentido quejarse de la electricidad que va a producir utilizándola.

—Pero quizá no oigamos la música —objetó Jon.

—Entonces habrá que estar más atentos —le respondió quien fuera.

El concierto dejó a Helena con la boca abierta, la precisión del xilófono inundaba la pradera, la voz de aquel cantante no se parecía a nada que hubiera escuchado antes. Jon se maravilló porque el viento se había detenido para dejarles tocar, quiso entender algunas de las palabras que escuchó. Aplaudieron hasta que las manos les dolieron, intentaron ayudarles a cargar sus instrumentos hasta la furgoneta de la carretera. Se sintieron agradecidos por escuchar una protesta simbólica, un agradecido canto. Se sintieron privilegiados por disfrutar de algo que consideraban especial.

Podían ser grandes, pero eran los más pequeños. Sabían que no conseguirían nada, pero querían decirle al mundo: "¡Eh! No te olvides de lo que hay aquí. No es casualidad que estemos aquí. Estas son las cosas que pasan a tu lado. Mira en qué nos hemos convertido, y lo único que podemos hacer es tocar instrumentos de madera y cuerda y piedra. No te olvides de esta presa, no mires a otro lado. Esta presa puede estar en cualquier lado, quizás a tu lado".

Y guardaron los instrumentos en la furgoneta después de despedirse abrazando a algunos de los del público. Otros simplemente les decían adiós con las manos.

—¿Sabes? —dijo Jon—. Creo que el dique afectará a las nubes.

—¿A las nubes? ¿Qué nubes?

—¿Cómo que "qué nubes"? ¿No te he contado qué pasa con las nubes en Islandia?

—Desde luego que no…

—¿Sabes? Islandia es una fábrica de nubes. Todo el país se encarga de este trabajo… Bueno, quizás es mejor que leas la historia que escribí sobre ello.

—¿Por qué?

—Quizás pueda escucharnos algún islandés, y eliminarnos al saber que conocemos su secreto.

—¿Tan importante es?

—No te lo puedes imaginar…

Una vez en el coche, Jon buscó el cuaderno en el que había escrito aquella historia y se lo dejó a Helena, ya en el asiento del copiloto. Como siempre hacía cuando le dejaba leer algo que había escrito, se alejó, la dejó sola. Avanzó unos metros hasta encontrar una buena atalaya desde la que otear la inmensidad de la presa.

Cerró con fuerza su ojo izquierdo. Puso el pulgar frente a su ojo derecho, tan cerca como para cubrir con él completamente la presa. Imaginó cómo sería aquel paisaje sin ella. Jugó a descubrir la presa y ocultarla, utilizando solo su pulgar. Ahora aparece, ahora desaparece. Vio la barca de Noé flotando en el dique, y recordó su encuentro con Omar en la cafetería. Aquel hombre había sido grande.

Helena le abrazó por detrás, por sorpresa. Amarró sus brazos por la cintura, apoyó su mejilla en su hombro. Él la correspondió acariciando sus codos.

—Me ha encantado. Como siempre.

—¿Solo te ha encantado?

—¿Solo? ¿Qué más debería haber ocurrido?

—Te acabo de descubrir una conspiración internacional… Al menos esperaba que alabaras mis dotes de investigador privado.

—Eres tonto.

—A veces. Oye…

—¿Qué?

—Gracias.

Ella, como respuesta, le abrazó más fuerte.

—He estado pensando en Omar y en el concierto de la ladera.

—¿Y qué has pensado?

—¿Quién te gustaría ser de los dos?

—Supongo que Sigur Ros. Supongo que a ti te encanta la historia y el pasado de Omar, pero la diferencia con Sigur Ros es enorme. Se llaman así, ¿verdad? Sigur Ros.

—Sí, se llaman así. ¿Qué diferencia?

—A Sigur Ros les siguen hasta en un descampado en mitad de la nada. Omar tiene que ir a buscar a alguien con quien hablar, ya todos conocen su historia. Omar tiene que ir a buscar gente, pero esa misma gente es la que va a buscar a Sigur Ros.

—El pasado y el futuro, ¿no?

—No, Jon, solo es el presente.

—Me alegra que hayas venido a buscarme.

—Jon, he de confesarte que tenía la idea desde que me enteré que venías a Islandia, que huías en esta dirección. Quería venir a buscarte. Hasta ese momento sabía que estábamos separados pero que estabas a unas cuantas paradas de metro, que aún cabía la posibilidad de encontrarte en cualquier esquina, ponernos a charlar y que todo volviera a la normalidad. Quería que volviéramos a hablar de libros, que volvieras a regalarme un mapa de una ciudad para mi colección, que volvieras a cogerme la mano. Pero me podía engañar fácilmente. Tenía la esperanza de que una casualidad rompiera el miedo que los dos teníamos a enfrentarnos al otro. Cuando supe que dejabas la ciudad, se me rompió algo dentro. Sabía que no podía demorarlo más, que no podía confiar en que se solucionara sin que yo hiciera nada. Tenía que dar el paso. Tu habías dado un paso, pero en otra dirección, alejándote de mí. Lo de tu padre fue solo una excusa que lo impulsó definitivamente. Supongo que lo habría conseguido en algún momento, pero lo de tu padre hizo que fuera antes que después. Y yo no sabía cuánto necesitaba que fuera ya. Quería encontrarme contigo aquí, hablar contigo, abrazarte por la espalda en lo alto de una montaña, viendo el horizonte lejano islandés. Quería sentirte otra vez. Necesitaba sentirte otra vez.

Jon se dio la vuelta sin soltarse de su abrazo. Sus ojos estaban vidriosos. Los de ella ya habían roto a llorar.

—Helena, siempre has sido tú. Siempre. Aunque a veces no lo haya sabido, ni te lo haya podido demostrar.

—Lo sé. Lo sé. Siempre que no estás, te echo de menos, y soy tan orgullosa que no puedo decírtelo sin dejar de llorar.

—No te preocupes, no tendremos que volver a Islandia nunca más.

—Además, como me vean llorar así, van a querer que me quede para producir más nubes.

—Sí, ten cuidado con estos islandeses...

—Dime algo bonito de una vez, Jon.

—Qué te parece si te digo que ser la mitad de dos no es nada, así que solo seremos uno a partir de ahora.

—Me parece estupendo.

—Pues entonces, bésame. Y deja de llorar. Deja de llorar, por favor.

....

—Desde aquí lejos se ve el verdadero tamaño del dique. Desde tan cerca uno no es capaz de apreciarlo, ¿no crees?

—Sí, no conoces el verdadero tamaño de las cosas hasta que te alejas de ellas.

12

My home is nowhere without you.

Herman Düne

Jon se despertó antes que ella. Siguió pensando que sería una buena idea lo del negocio de persianas en este país. La luz le había vuelto a despertar antes de tiempo. Helena seguía durmiendo tan profundamente, que ni siquiera se pasó por su mente el despertarla.

Se quedó en la habitación, sentado en la silla del escritorio. La luz inundaba la habitación, pero el silencio era máximo y le daba una sensación de irrealidad. Jon eligió una de las postales que había en el escritorio, en la que se mostraba una foto del glaciar donde había pasado la noche. Parecía muy lejano aquel momento, y sin embargo solo unos días habían transcurrido. Jon eligió uno de los bolígrafos con el logo del hotel, y comenzó a escribir en el dorso.

"¿Sabe? Voy a dejar ya su país. Llevo por aquí como una semana, más o menos, y parece que todo ha cambiado a mi alrededor. Sin embargo, eso no es lo más importante. Hay cosas que han cambiado dentro de mí, y esas son las que de verdad van a cambiarlo todo. No sé qué ha tenido que ver Islandia en todo esto, pero el caso es que no podré olvidar que todo ha sucedido aquí. Y es que tengo un sentimiento aquí que no sé cómo expresarlo. Mejor, no sé a quién expresárselo. Y le ha tocado a usted. Ha sido un sorteo. Gracias. Dígaselo, por favor, a todo el que se encuentre por la calle. Gracias, me han ayudado. Seguramente piense que estoy loco. Tengo poco espacio para explicarle que no. Simplemente quédese con el mensaje, hágalo circular. Gracias".

—¿A quién escribes?

—Buenos días.

—¿Me ibas a dejar aquí plantada y estabas escribiendo la nota de despedida?

—Sí, pensaba salir a la calle así, en calzoncillos, y robar una lancha del puerto para ir con ella hasta Madrid. Lástima que te hayas despertado, has echado al traste todo mi maquiavélico plan.

—¿Tú crees que puedo ponerlo en el currículum para solicitar un puesto de espía?

—¿Desde cuándo quieres ser espía?

—Bueno, esto de perseguirte por un país extraño ha despertado un lado oscuro en mí.

—Ya veo… Helena, la espía que me amó. Seguro que nuestra vida pasa a ser mucho más interesante a partir de ahora.

—Seguro que será más interesante, pero no por lo de los espías. Creo que me quitaría mucho tiempo de estar junto a ti.

—Ten cuidado, a ver si voy a creerme interesante.

—Deberías empezar a creerlo, así podrás entender el valor que le doy al tiempo que paso junto a ti.

Cargaron el coche y emprendieron la marcha, una vez más. Habían decidido la tarde anterior llegar a Husavik en el coche de alquiler, coger un vuelo a Reykiavik y desde allí coger el primero de los vuelos posibles de vuelta a Madrid. Islandia ya no tenía más que ofrecerles, Jon así lo había decidido después de hablar con Helena.

—Nos vamos cuando tú quieras, Jon. Yo he de volver, pero supongo que no pasaría nada si quisiera retrasar un par de días la vuelta. Nadie me va a echar de menos, y en el trabajo sobrevivirán, seguro.

—Quizá deberíamos volver. No sé.

—¿Qué es lo que sucede?

—Me da miedo pensar que Islandia sea solo una isla.

—Islandia está en este mundo, esto sigue siendo tu vida. Puede que hayas cambiado el sitio por el que paseas, pero tu corazón sigue siendo el mismo, sigue latiendo a la misma velocidad que en Madrid.

—Te admito que mi corazón sea el mismo que latía en Madrid, pero te puedo asegurar que no late a la misma velocidad que allí.

—¿Pero estamos de acuerdo en la cursilada del corazón?

—Completamente de acuerdo en que es una cursilada.

—Y en el resto.

—Claro. No puedo quedarme aquí toda la vida porque no sepa qué va a pasar si cojo un avión.

—Eso no tiene sentido.

—Islandia me ha dado mucho más de lo que podía exigirle.

—¿Preparado para hacer las maletas?

—Supongo que sí.

....

—Jon, no sé si te lo he dicho alguna vez, pero... me gusta cómo conduces.

—Gracias.

....

El aeropuerto de Akureyri era pequeño, apenas una sala con cafetería desde la que se accedía a la pista de aterrizaje. Únicamente cuatro vuelos programados para ese día, tres de ellos para Reykiavik. El avión era de aspas, lo que a Helena le hizo temblar, al menos por unos segundos, hasta que Jon se dio cuenta y comenzó a hablarle de cualquier otro asunto para hacerla distraerse. Llegaron hasta el avión cruzando el asfalto de la pista. Helena le agradeció su atención con un beso al llegar al final de la escalera. "Es como una película", le agradeció Jon.

Le dejó el asiento de la ventana a Helena, ella le amarró la mano, tensa. Jon le acarició con la otra mano. Comenzó a contarle que los islandeses aprovechaban las aspas del avión y estos vuelos para controlar la calidad de las nubes que producían. Por eso había tantos vuelos que cruzaban de lado a lado el país. Apenas estaban llenos y, cuando era muy evidente que no había gente suficiente para dar una imagen que no fuera sospechosa, tiraban del retén de personas que tenían para llenar los aviones. Jon le contó que tenían una sala en el aeropuerto con quince o veinte personas dispuestas a montarse en cualquier vuelo que fuera medio vacío y que llevara algún extranjero, para eliminar cualquier sospecha. En algunos casos tenían también camas en las salas, por si a algún componente del retén le alcanzara la noche lejos de su ciudad. Con las aspas conseguían monitorizar el avance de las nubes, su densidad, incluso tenían sensores para calcular la humedad. Todo lo controlaban para que el producto fuera de la mayor calidad. Helena le escuchaba divertida, y consiguió alejar al miedo gracias a la risa.

No fue complicado conseguir un vuelo en Reykiavik para Madrid. Jon compró un asiento junto al de Helena. Y se encontró con el billete de vuelta a casa, presto a pasar sus últimas horas en Islandia, el país al que había decidido ir avergonzado por haberse abandonado. Se preguntó si se había encontrado en aquellos días, si había conseguido saber qué era aquello que le gustaba tan poco de sí mismo. Sabía que la respuesta era sí, sabía que había desaparecido aquella sensación de avergonzarse de sí mismo, pero le gustaba repetírselo, decirse que había merecido la pena.

Se había hecho las preguntas adecuadas, y la llegada de Helena había acelerado el proceso, había llegado en el momento justo, en el día adecuado. Suponía que sin ella su sentimiento habría sido el mismo, pero solo respecto a sí mismo. La llegada de Helena había roto el muro que había entre ambos desde que se separaron. De alguna manera, no sabía cómo, pero… de alguna manera, todo había cambiado. Ella lo había conseguido.

Jon sintió que todo encajaba. Por alguna razón, no había flecos sueltos, no se sentía preocupado por el futuro. Tenía confianza en lo que podría pasar, no sentía que necesitara arreglar nada. Por primera vez desde hacía mucho tiempo, sentía que debía disfrutar. Quería disfrutar. Era su momento. Era el minuto noventa y dos, era el primer disparo entre los tres palos, y entraba. El paso a la final. Solo quería disfrutar.

....

Si vuelas de noche, los dos lados del avión son muy diferentes. En el lado Este, a través de la ventanilla, se ve acercarse la noche. En el lado Oeste la esperanza, de color rosa, los últimos rayos del sol rebotando en las nubes. Helena se quiso sentar en el lado Este, pero Jon le dijo que sus asientos no eran aquellos. Habló con la pareja que estaba sentada en los sitios que él quería ocupar, y les pidió cambiar. Accedieron.

—¿Por qué has querido que nos sentáramos en estos sitios?

—He comprado una puesta de sol para ti. Se han equivocado de asientos, desde aquí es desde donde podrás verla mejor.

....

Ella durmió al poco. Dijo que estaba agotada y, a los pocos segundos, cerró los ojos. Si Jon giraba la cara, la veía relajada, en paz, con el rosa esperanza asomando en la lejanía. No pudo evitar sonreír. Sentía que había hecho un viaje muy largo, pero no se sentía cansado. Estaba lleno de energía, de ilusión. Aquel viaje había sido mucho más que una vuelta al país. Mucho más.

Le habló a ella.

—Quizá nadie me escuche, pero... Helena, cuando te miro estoy en casa. No importa dónde estés, que yo iré contigo. No importa lo que hagas, que yo te ayudaré a conseguirlo. No importa las veces que te defraude, porque siempre intentaré mejorar. No estoy mejor en ningún sitio que en casa. Y voy a hacer lo que haga falta para que yo sea tu hogar, para que nada cambie desde este momento, si no es para mejor. Quiero preservar tu sentimiento, quiero ser guardián de nosotros dos. Quiero que cada día de tu vida sientas que soy parte de ti.

Besó su frente, ella hizo un mohín, pero continuó dormida. Él miró al frente, en dirección hacia el futuro. No le hubiera importado morir. Nada más podría conseguir que ser sincero, que poder decirse la verdad. Nada le hubiera importado morir, sabía que a partir de entonces sería difícil que las cosas mejoraran, aunque estaba dispuesto a vivirlas. Se ocuparía a partir de entonces de que salieran todas sus estrellas.

Índice

Editorial LibrosEnRed

LibrosEnRed es la Editorial Digital más completa en idioma español. Desde junio de 2000 trabajamos en la edición y venta de libros digitales e impresos bajo demanda.

Nuestra misión es facilitar a todos los autores la edición de sus obras y ofrecer a los lectores acceso rápido y económico a libros de todo tipo.

Editamos novelas, cuentos, poesías, tesis, investigaciones, manuales, monografías y toda variedad de contenidos. Brindamos la posibilidad de comercializar las obras desde Internet para millones de potenciales lectores. De este modo, intentamos fortalecer la difusión de los autores que escriben en español.

Ingrese a www.librosenred.com y conozca nuestro catálogo, compuesto por cientos de títulos clásicos y de autores contemporáneos.